Norbert Sahrhage • Kieslich muss sterben

AF176119

**Norbert Sahrhage** wurde 1951 in Spenge geboren. Er studierte an der Universität Bielefeld Geschichte, Sozialwissenschaften und Sport. Von 1979 bis 2015 arbeitete er als Lehrer an einem Gymnasium. Promotion 2004.

**Weitere Titel des Autors:**
Der tote Hitlerjunge (2010)
Blutiges Zeitspiel (2012)
Lehrermord (2014)
Der Mordfall Franziska Spiegel (2016)
Werwolfmorde? (2021)

Norbert Sahrhage

# Kieslich muss sterben

## Kommissar Helmke ermittelt

Bibliografische Information der Deutschen Nationalbibliothek:
Die Deutsche Nationalbibliothek verzeichnet diese Publikation in der Deutschen Nationalbibliografie; detaillierte bibliografische Daten sind im Internet über http://dnb.dnb.de abrufbar.

© 2021 Norbert Sahrhage

Covergestaltung: Jan Sahrhage

Herstellung und Verlag: BoD – Books on Demand, Norderstedt

ISBN: 978-3-7557-3690-5

## Die Hauptpersonen

| | |
|---|---|
| Walter Helmke | Kriminalkommissar |
| Maximilian Bach | Kriminalassistent |
| Konstantin Mähler | Kriminalrat |
| Harald Coring | Kriminalbeamter |
| Reinhard Drewes | Ortspolizist |
| Bruno Witte | Ortspolizist |
| Wilhelm Worms | Opfer des NS-Regimes |
| Erna Worms | Opfer des NS-Regimes |
| Paul Kieslich | SS-Obersturmführer |
| Ursula Kieslich | Ehefrau |
| Stefan Barner, | |
| Rolf Kotte, | |
| Horst Langemeier | SS-Männer |
| Erwin Weichert | ehemaliger Landrat |
| Dr. Joh. Huisken | Richter |
| Konrad Wering | Staatsanwalt |
| Franz Büssing | Rechtsanwalt |
| Doro Wolters | Gastwirtin |
| Emil Kraiker | Mitglied der VVN |
| Bernhard Kraiker, | |
| Fritz Sewekow, | |
| Manfred Schroeter, | |
| Karl Bloss | Opfer des NS-Regimes |
| Gabi Bongert | Kriegerwitwe |

# 1. Kapitel

## Donnerstag, 10. November 1938

Die große Schaufensterscheibe des Ladenlokals zerbarst mit einem lauten Klirren, der Pflasterstein flog weit in den Raum hinein und prallte krachend gegen den dunkelbraunen Verkaufstresen. Die beiden Frauen und das zwölfjährige Mädchen, die in der Küche nebenan gesessen und sich unterhalten hatten, schraken auf. Entsetzen stand in ihren Gesichtern.

Erna und Martha Worms, die beiden Schwägerinnen, deren Ehemänner gemeinsam das Geschäft betrieben, hatten von den nächtlichen Ereignissen in Bielefeld und Herford gehört, ihre Männer waren zudem am frühen Vormittag von der Polizei abgeholt und auf die örtliche Wache gebracht worden. In der Stadt Bünde war es in der vergangenen Nacht aber ruhig geblieben, so dass die Frauen gehofft hatten, dass sie von Übergriffen verschont bleiben würden.

Jetzt, am Nachmittag, als die Gefahr vorüber zu sein schien, drängten plötzlich SS- und SA-Männer in Uniform durch die zerstörte Schaufensterscheibe in den Laden und dann weiter in die Küche.

„Sitzenbleiben", schnauzte ein SS-Mann, ein mittelgroßer dunkelhaariger Mann mit einem Oberlippenbart, der an den von ihm verehrten „Führer" erinnerte, die Frauen an, während sich andere Männer daran machten, die Wohnungseinrichtung zu demolieren. Sie rissen den

Küchenschrank auf und warfen Porzellanteller und Gläser auf den Boden, zerstreuten die in einem weiteren Schrank untergebrachten Küchentücher und Servietten im Raum und trampelten darauf herum. Ein großer SA-Mann, der seine Mütze in den Nacken geschoben hatte, urinierte unter dem Gegröle seiner Kameraden in den geöffneten Backofen.

Aus dem Ladenlokal drangen laute Geräusche in die Küche. Offenbar wurden Regale umgeworfen und Schubkästen geleert. Der laute Knall, den die Frauen jetzt hörten, stammte wohl von der Registrierkasse, die auf den Boden geworfen wurde.

Die flehentlichen Bitten der Frauen, mit den Zerstörungen aufzuhören, beantworteten die SS-Männer mit einem höhnischen Grinsen. „Das ist die Quittung für euren feigen Mord an Ernst vom Rath", sagte einer der Männer, den Martha Worms kannte, da er ihr gelegentlich auf der Straße begegnete. Er schien ganz in der Nähe zu wohnen. Vom Rath war, wie Martha Worms gehört hatte, ein Sekretär, der in der deutschen Botschaft in Paris gearbeitet hatte. Er war vor ein paar Tagen von einem jungen Juden angeschossen und schwer verletzt worden, so hatte man es in den Zeitungen lesen können. Jetzt war dieser Mann offenbar seinen Verletzungen erlegen.

Nach weniger als einer Viertelstunde hatten die SS- und SA-Männer ihr Zerstörungswerk auch in den übrigen Räumen beendet und versammelten sich im Laden, wohin jetzt man auch die beiden Frauen und das

8

Mädchen brachte. Das Ladenlokal sah ebenfalls schlimm aus. Der Inhalt der Regale lag auf dem Boden, die SS-Männer hatten mehrere Regale aus ihrer Verankerung gerissen und dann kaputtgetreten. Der große Spiegel, in dem sich die Kunden in ihrer neuen Kleidung betrachten konnten, war zersplittert. Nur einzelne Scherben hingen noch im Rahmen.

Der SS-Obersturmführer hielt eine kurze Ansprache, in der er sich bei seinen Männern für ihr diszipliniertes Verhalten bedankte. Dann gab er die Anweisung, die beiden Frauen und das Mädchen in das Haus des jüdischen Zigarrenfabrikanten Michelson zu bringen, wo sie zunächst bleiben sollten. „Wir wollen Sie damit vor dem Zorn der Bünder Bevölkerung schützen", erklärte er grinsend, an die Frauen gewandt. „Wir erwarten dafür nicht Ihren Dank", schob er nach, als die Gesichter der beiden Frauen versteinert blieben. Die SS- und SA-Männer lachten.

Inzwischen waren zwei Polizisten eingetroffen, die nicht etwa versuchten, die beiden Frauen und das Mädchen vor den SS- und SA-Männern zu schützen, sondern die Aufgabe übernahmen, Erna Worms, ihre Tochter und ihre Schwägerin zum Haus der Familie Michelson zu geleiten. Die Vertreter der Staatsmacht hatten sich ohne zu zögern dem Führer der SS unterstellt.

Während sie das Haus durch den Ladeneingang verließen, sahen die beiden Frauen, dass auf dem gegenüberliegenden Bürgersteig zahlreiche Menschen standen, die die Aktion der SS und SA beobachtet hatten. In den Gesichtern der meisten Menschen stand Neugier, in einigen war Zustimmung zu lesen, nur wenige Zuschauer wandten ihre Gesichter beschämt ab, als Martha Worms, ihre Tochter Lotte und ihre Schwägerin an ihnen vorbeigeführt wurden, um zur Villa der Familie Michelson eskortiert zu werden.

Als sie sich umwandten, sahen die beiden Frauen, dass die SS-Männer nicht nur die große Schaufensterscheibe, sondern auch weitere Scheiben eingeschlagen hatten, zum Teil hatten sie sogar die hölzernen Fensterläden aus ihren Angeln gerissen. Es würde einiges Geld kosten, die Schäden beseitigen zu lassen.

Die Villa des Fabrikanten Michelson lag mehrere hundert Meter von dem Geschäft der Familie Worms entfernt. Noch bevor die von den beiden Polizisten angeführte Gruppe, der sich auch zwei SS-Männer angeschlossen hatten, die Villa erreichte, bemerkten die Frauen, dass auch das Haus der Michelsons der Zerstörungswut von SS- oder SA-Männern zum Opfer gefallen war. Auch hier waren Fensterscheiben eingeschlagen worden. Als die beiden Frauen und das Mädchen das Haus betraten, sahen sie, dass die geschwungene Treppe, die in das Obergeschoss des Hauses führte, mit Porzellanscherben übersät war. An eine Wand in der Diele war mit roter Farbe ein Judenstern gepinselt worden.

Carl und Auguste Michelson, ein bereits älteres

Ehepaar, saßen auf der Treppe und blickten die Eintretenden stumm an. Carl Michelson war ein erfolgreicher Unternehmer, dessen geschmackvoll eingerichtetes Haus bis zur „Machtergreifung" der Nationalsozialisten häufig Veranstaltungsort größerer Feste gewesen war, bei denen sich der Hausherr als überaus großzügiger und liebenswerter Gastgeber erwiesen hatte. Jetzt schien Michelson plötzlich um Jahre gealtert. Seine Frau saß still neben ihm und schüttelte immer wieder den Kopf. Die Übergriffe der letzten Stunden waren für sie offensichtlich unfassbar.

Die Polizisten blieben stehen. Einer der beiden zeigte auf die beiden Frauen und das Kind. Ohne die Michelsons anzusprechen verkündete er: „Die bleiben vorerst hier." Dann drehte er auf dem Absatz um und verließ gemeinsam mit seinem Kollegen und den beiden SS-Männern das Haus.

Es dauerte eine Weile, bis Carl Michelson sich zu rühren vermochte. Er kannte die beiden Frauen aus der Synagoge; engeren gesellschaftlichen Kontakt hatten die Familien Michelson und Worms aber nicht gehabt. Carl Michelson stand etwas ungelenk auf und zeigte auf die Treppe hinter sich. „Ihr könnt ein Zimmer im oberen Stockwerk haben", sagte er.

\*\*\*

In dem ihnen zugewiesenen Zimmer fanden die

beiden Frauen neben einem Tisch und zwei Stühlen auch ein Ehebett vor, das für sie und das Mädchen zum Schlafen wohl ausreichen würde. Das Zimmer hatte ein Fenster, das einen Blick auf den Marktplatz ermöglichte, der im Süden an die Villa grenzte. Erna Worms hoffte, dass die Einquartierung nur eine Übergangsregelung war, dass sie bald in ihr eigenes Haus würden zurückkehren können, und sei es auch nur, um Kleidung und Dinge des täglichen Bedarfs zu holen.

Die Gespräche der beiden Frauen kreisten um ihre inhaftierten Ehemänner und um ihr verlassenes Haus, bis sie von Auguste Michelson zum Abendessen geholt wurden. Die beiden Michelsons hatten noch unzerstörtes Porzellan gefunden, so dass sie den Tisch in gewohnter Weise decken konnten.

Als sie ihre Plätze eingenommen hatten, sprach Carl Michelson das Tischgebet: „Gepriesen seist du, Ewiger, unser Gott; du regierst die Welt. Du lässt die Erde Brot hervorbringen."

Es gab nur ein wenig Brot, Butter und Marmelade, dazu schwarzen Tee.

„Wir haben die Entwicklung hier in Deutschland falsch eingeschätzt", sagte Carl Michelson. „Die Weinbergs haben es richtig gemacht, die sind rechtzeitig ausgewandert. Die haben zwar viel verloren, haben ihr Leben aber gerettet und noch genug für einen Neuanfang in Amerika."

Erna Worms schüttelte den Kopf. „Mein Willy hat im

12

Weltkrieg sein Leben eingesetzt, hat sogar ein Bein verloren. Ich glaube nicht, dass unser Leben bedroht ist. So undankbar kann doch keine Regierung sein."

Carl Michelson lächelte dünn. „Blicken Sie sich doch einmal im Hause um", sagte er. „Ich vermute, in Ihrem Haus wird es nicht viel anders aussehen – oder?"

Erna Worms nickte. „Das ist doch nur die Wut über den Tod dieses Botschaftsangehörigen in Paris. Das wird sich nach ein paar Tagen wieder legen."

Auguste Michelson holte tief Luft und atmete hörbar aus. „Wir werden sehen, Frau Worms. Ihren Optimismus möchte ich haben. Hoffentlich werden Sie nicht furchtbar enttäuscht."

Martha Worms schwieg bei dem Gespräch. Sie war eine ängstliche Frau. Ohne ihre Schwägerin hätte sie sich in der jetzigen Situation wohl kaum zurecht gefunden.

Nach Einbruch der Dämmerung wurde es draußen plötzlich laut. Erna und Martha Worms, die sich wieder in ihrem Zimmer befanden, sahen, dass sich auf dem Marktplatz Menschen versammelten. SA-Männer und halbwüchsige Hitlerjungen schleppten Sachen heran, die in der Mitte des Platzes auf einen Haufen geworfen wurden. Größere Gegenstände, offenbar Bänke oder Stühle, wurden zertrümmert und landeten ebenfalls auf dem Haufen, der dadurch weiter anwuchs. Immer mehr Menschen kamen zusammen.

Die beiden Frauen hatten das Zimmerlicht gelöscht und standen schräg hinter dem Fenster, so dass man sie von draußen nicht sehen konnte.

„Das sind Dinge aus der Synagoge", sagte Erna Worms, an ihre Schwägerin gewandt. „Die Menschen kommen zumindest aus Richtung der Synagoge." Die beiden Frauen konnten aber nicht genau erkennen, welche Gegenstände da herangeschleppt wurden.

Dann sahen sie, wie ein SA-Mann den Inhalt eines Kanisters über den Haufen goss. Wenige Sekunden später schlugen mächtige Flammen empor.

Im Feuerschein des Scheiterhaufens stieg ein Mann auf einen Stuhl, der vermutlich ebenfalls aus der Synagoge stammte. Martha Worms erkannte in ihm den NSDAP-Ortsgruppenleiter Hermann Hillberg. Was Hillberg sagte, konnten die beiden Frauen nicht verstehen, seine gestenreiche Ansprache, während der er auch mehrfach auf die Villa Michelson zeigte, schien aber den Beifall der Umstehenden zu finden. Die Menge applaudierte.

Nach der Rede zerstreute sich die Ansammlung, einige wenige Fanatiker stellten sich vor der Villa auf und skandierten laut „Juda verrecke!" Als aus dem Haus keine Reaktion erfolgte, verschwanden auch diese Schreier. Offenbar trauten sie sich nicht – oder es war ihnen verboten worden – in das Haus einzudringen.

Das Feuer, von einigen SA-Männern bewacht, brannte noch eine geraume Zeit, dann erloschen die Flammen. Nur gelegentlich, durch Windstöße angefacht, flackerten sie noch einmal kurz auf. Die beiden

Frauen konnten beobachten, wie die SA-Männer nun das schwelende Feuer verließen und abzogen.

***

Mitten in der Nacht wurde an die Zimmertür geklopft. Carl Michelson stand vor der Tür und bat die beiden Frauen, die die Tür einen Spalt weit geöffnet hatten, mit leiser Stimme auf den Flur. „Ich muss Ihnen etwas zeigen", flüsterte er und zog Erna und Martha Worms hinter sich her. Am Ende des Flures deutete er auf ein Fenster, das den Blick nach Nordosten ermöglichte. Die beiden Frauen sahen einen hellen Feuerschein. „Da brennt etwas", sagte Martha Worms noch schlaftrunken, bevor ihr bewusst wurde, was da in Flammen stand.

„Erna, das ist unser Haus." Martha Worms umklammerte ihre Schwägerin. „Das ist unser Haus", wiederholte sie.

Carl Michelson nickte. „Ich fürchte, Sie haben Recht", sagte er leise. „Die Nazis haben Ihr Haus angezündet."

„Ich muss zu unserem Haus." Erna Worms entwand sich dem Griff ihrer Schwägerin, die sie gar nicht loslassen wollte.

Carl Michelson schüttelte heftig den Kopf. „Das können Sie nicht. Haben Sie gestern Abend nicht gesehen, wie die Leute hier reagierten? Wenn Sie das Haus verlassen, setzen Sie Ihr Leben aufs Spiel!"

Auch Martha Worms protestierte, aber ihre

Schwägerin ließ sich nicht beirren. „Ich gehe durch den Hintereingang raus. Draußen ist es dunkel. Ich bin vorsichtig, niemand wird mich erkennen."

Carl Michelson, der eingesehen hatte, dass er die Frau nicht von ihrem Vorhaben abbringen konnte, führte Erna Worms, nachdem sie sich angekleidet hatte, in die Kelleretage seines Hauses und öffnete ihr die Tür, durch die man über eine Außentreppe in den Garten gelangte. Draußen war es – abgesehen von der Feuerwehrsirene, die noch immer heulte – ruhig.

Über die Gartenstraße, die die Nazis in Hindenburgstraße umgetauft hatten, und am *Stadtgarten* mit seinem großen Saal vorbei, in dem die NSDAP zu Zeiten der Weimarer Republik ihre Propagandaveranstaltungen abgehalten hatte, erreichte Erna Worms schließlich den Goetheplatz, an dem das Wohn- und Geschäftshaus ihrer Familie lag. Je näher sie dem Goetheplatz kam, desto deutlicher stieg ihr der Brandgeruch in die Nase. Die Flammen, die aus dem Hausdach züngelten, wurden durch einzelne Baulücken sichtbar. Erna Worms musste einen Augenblick stehenbleiben. Ihr Haus, alles, was sie und ihr Ehemann sich zusammen mit seinem Bruder und dessen Frau aufgebaut hatten, wurde in diesem Augenblick zerstört, ihre bürgerliche Existenz wurde gerade vernichtet.

Am Goetheplatz angekommen, sah sie, dass nicht mehr viel zu retten war. Uniformierte SA- und SS-Männer standen vor dem Haus, Schaulustige drängten sich auf dem Bürgersteig der gegenüberliegenden Straßenseite. Nur die große Hitze und die Anwesenheit der SS und der SA hielten sie davon ab, sich noch weiter dem Haus zu nähern.

Der SS-Obersturmführer gab gerade die Anweisung, die offenbar zuvor aus dem Ladengeschäft geretteten Stoffballen wieder in das Feuer zu werfen. „Wir brauchen diesen Judendreck nicht", hörte Erna Worms ihn brüllen. „Weg damit!"

Der SA-Sturmführer schien mit dieser Anordnung nicht einverstanden zu sein, er schüttelte den Kopf. Zwischen den Führern der beiden NS-Verbände entspann sich ein kurzer Wortwechsel, wie Erna Worms an der Gestik der beiden erkennen konnte. Schließlich ging der SA-Führer weg. Auf einen Wink des SS-Führers, der Erna Worms als Studienrat Kieslich bekannt war, der am örtlichen Gymnasium unterrichtete, griffen seine Männer nach den Stoffballen und warfen sie zurück in das Feuer. Eine ältere Frau, die sich neben Erna Worms in einen nahegelegenen Hauseingang gestellt hatte, schüttelte den Kopf und murmelte: „Was für ein Verbrechen! Das sind doch wertvolle Stoffe. Da fordern uns die Nazis ständig dazu auf, bei den Sammlungen zu spenden und jetzt vernichten sie Neuwaren."

Als die ältere Frau, erschrocken über ihre eigenen unbedachten Worte, zu der neben ihr stehenden Frau blickte und Erna Worms erkannte, drückte sie ihr mehrere Sekunden lang mitfühlend die Hand und entfernte sich dann rasch.

Die Freiwillige Feuerwehr, die bereits eingetroffen war und sich anschickte, den Brand zu löschen, wurde, wie die Umstehenden sehen konnten, von der SS bei den Arbeiten zunächst behindert. Offenbar wollte die SS damit erreichen, dass das Haus vollständig abbrannte. Erst als der Dachstuhl einstürzte, ließ die SS die Feuerwehrleute gewähren, die sich nun mit aller Kraft daran machten, ihre Arbeit zu erledigen.

Erna Worms hatte genug gesehen. Ihre Hoffnung war geschwunden, irgendetwas von ihren Besitztümern retten zu können. Während das Haus immer mehr in sich zusammenfiel, wandte sie sich ab und schlich, auf dem gleichen Weg, den sie zuvor genommen hatte, zurück zur Villa der Michelsons.

## 2. Kapitel

**Mittwoch, 26. Januar – Freitag, 28. Januar 1949**

Bereits eine Viertelstunde vor Prozessbeginn waren die Zuhörerbänke im Saal 2 des Bielefelder Landgerichts gut besetzt. Einige der Anwesenden waren aus der Stadt Bünde nach Bielefeld gekommen, um mitzuerleben, wie über die Geschehnisse am Tag nach der sogenannten Reichskristallnacht in ihrer Heimatstadt geurteilt wurde.

Der Prozess vor dem Schwurgericht begann mit der Vernehmung der beiden Angeklagten Landrat Weichert und SS-Obersturmführer Kieslich, denen vorgeworfen wurde, Verbrechen gegen die Menschlichkeit begangen zu haben. Am Richtertisch saßen der Vorsitzende des Schwurgerichts, Landgerichtsdirektor Dr. Huisken und die beisitzenden Richter Ambusch und Wesemann sowie sechs Geschworene, drei an der linken und drei an der rechten Seite des Richtertisches. Staatsanwalt Wering konfrontierte die beiden Angeklagten eingangs mit den ihnen zur Last gelegten Verbrechen. Weichert und Kieslich erklärten sich – flankiert von ihren Rechtsanwälten – für nicht schuldig.

Dann wurden die Zeugen hereingeführt, die zur wahrheitsgemäßen Aussage ermahnt und über die Bedeutung des Eides sowie über die strafrechtlichen Folgen einer uneidlichen unrichtigen oder unvollständigen Aussage belehrt wurden. Die Zeugen hatten danach den Gerichtssaal wieder zu verlassen, damit sie nacheinander, in Abwesenheit der nach ihnen noch zu Befragenden, vernommen werden konnten.

Dem Staatsanwalt ging es zunächst darum, den Ablauf des 10. November 1938 in der Stadt Bünde genau zu rekonstruieren, wobei er ein besonderes Augenmerk auf das Handeln der beiden Angeklagten an diesem Tage legte. Während sich die Täterschaft von Landrat Weichert durch die Zeugenaussagen sehr rasch zu bestätigen schien, tat sich Staatsanwalt Wering schwer damit, Kieslich eine Tatbeteiligung an dem Brand des Hauses der Familie Worms nachzuweisen.

*\*\**

Erna Worms war die Hauptbelastungszeugin des Staatsanwaltes. Als sie den Gerichtssaal betrat, wirkte sie wegen der großen Zahl der Zuhörer etwas eingeschüchtert, fasste sich aber schnell.

Staatsanwalt Wering erhob sich, setzte seine Brille ab und lächelte freundlich. „Frau Worms, schildern Sie dem Gericht bitte einmal die Geschehnisse am 10. November 1938!"

Erna Worms nickte, so als wollte sie sich damit noch einmal selbst vergewissern, die richtigen Aussagen zu machen. „Am Morgen des 10. November erschienen bei uns zwei Polizisten und haben meinen Mann und seinen Bruder verhaftet und mit auf die Polizeiwache genommen. Am Nachmittag saß ich zusammen mit meiner

Schwägerin in der Küche, als plötzlich SS- und SA-Männer hereinkamen und damit anfingen die Wohnräume zu durchsuchen. Sie forderten uns auf, alle Waffen herauszugeben." Sie schüttelte den Kopf, offenbar um die Unsinnigkeit dieser Forderung zu unterstreichen. „Dabei besaßen wir überhaupt keine Waffen. Mein Schwager hatte nur eine alte Vogelflinte, mit der manchmal auf Spatzen schoss. Die haben die SS-Leute mitgenommen, nachdem sie die Wohnung demoliert hatten."

Der Staatsanwalt unterbrach sie: „Haben Sie auch Herrn Kieslich gesehen? War er in Ihrer Wohnung?"

Erna Worms nickte. „Ja, er stand in unserem Flur und befehligte die Männer bei der Verwüstung des Hauses. Ich habe ihn gebeten, damit aufzuhören, er hat mich aber nicht beachtet."

Wering ließ seinen Blick über die Geschworenen streifen, um sich zu vergewissern, dass sie die letzten Worte von Erna Worms zur Kenntnis genommen hatten. Dann fragte er seine Zeugin: „Wie ging es an diesem Tag weiter?"

„Nach der Durchsuchung unseres Hauses erschienen abermals Polizeibeamte. Meine Schwägerin, meine Tochter und ich mussten sie begleiten und sie brachten uns in die Villa der Familie Michelson, wo wir dauerhaft bleiben sollten. Hier hörten wir auch davon, dass unsere Synagoge zerstört worden war." Erna Worms machte eine kurze Pause, die folgenden Ausführungen schienen ihr nur schwer über die Lippen zu kommen. „In der

Nacht wurde ich dann von Herrn Michelson geweckt, weil unser Haus brannte. Ich habe mich heimlich zu unserem Haus geschlichen und auch dort habe ich Herrn Kieslich gesehen. Nach meinem Eindruck hat er versucht, die Löscharbeiten zu behindern. Er schien auch Streit mit dem SA-Führer Teiling zu haben, der ebenfalls vor unserem brennenden Haus stand."

Rechtsanwalt Büssing, Kieslichs Verteidiger, wandte sich an Richter Huisken: „Darf ich der Zeugin eine Frage stellen?"

Richter Huisken blickte zum Tisch des Staatsanwalts: „Herr Staatsanwalt, sind Sie damit einverstanden?"

„Ja, ich bin ohnehin mit meinen Fragen durch."

Büssing stand auf. Er blickte Erna Worms freundlich an. „Frau Worms, gibt es Zeugen dafür, dass Herr Kieslich in Ihrem Haus war?"

Erna Worms nickte. „Ja, meine Schwägerin war dabei, als ich mit ihm gesprochen habe. Sie und ihr Mann sind aber im Konzentrationslager Stutthof ermordet worden."

Büssing lächelte jetzt provozierend. „Der SA-Führer Teiling ist ja inzwischen auch verstorben. Sehr seltsam, dass Ihre Gewährsleute alle nicht mehr leben."

Staatsanwalt Wering sprang auf. „Was wollen Sie damit sagen?", fragte er etwas lauter als nötig.

„Na ja, Herr Kollege", sagte Büssing etwas süffisant, „weitere Zeugen für die Aussagen der Frau Worms scheinen ja nicht mehr da zu sein. Das erscheint doch etwas sehr dünn."

Wering zwang sich zur Ruhe. „Das sollten Sie erst einmal abwarten."

Büssing wandte sich wieder an Erna Worms. „Frau Worms, wo wohnen Sie?", fragte er.

„In Bünde, in der Winkelstraße."

„In Ihrem Haus?", fragte Büssing weiter.

„Nein, Sie wissen doch, dass unser Haus in der Kristallnacht niedergebrannt wurde."

Büssing nickte jetzt. „Ja, richtig. Wem gehört das Haus, in dem Sie zur Zeit mit Ihrem Mann wohnen?"

„Dem SS-Obersturmführer." Erna Worms zeigte auf die Anklagebank.

Ein feines Lächeln umspielte die Lippen Büssings, als er sich an Staatsanwalt Wering wandte: „Ich gebe zu bedenken, dass Ihre Hauptzeugin ein großes Interesse an der Verurteilung meines Mandanten haben könnte, da sie mit ihrem Ehemann das Haus meines Mandanten bewohnt."

Man konnte Erna Worms ansehen, dass sie am liebsten aufgesprungen und dem Rechtsanwalt an die Gurgel gegangen wäre. Sie ballte ihre Hände zu Fäusten, in ihren Augen standen Tränen der Wut.

\*\*\*

Ein weiterer wichtiger Zeuge für Staatsanwalt Wering war Josef Hunkemeier, ein älterer Rentner, der sich am

10. November 1938 in Sichtweite des brennenden Hauses der Familie Worms aufgehalten hatte.

„Herr Hunkemeier, erzählen Sie dem Gericht, was Sie am Abend des 10. November 1938 gesehen haben", forderte Wering den Rentner auf.

Hunkemeier, dessen Alter man ziemlich genau an seiner gebeugten Körperhaltung ablesen konnte, räusperte sich und begann dann etwas unsicher zu sprechen. Vor so vielen Menschen zu reden, war ganz offenkundig nicht seine Sache.

„Ich wohne in der Eschstraße, nur etwa 150 Meter vom abgebrannten Haus der Familie Worms entfernt. Ich hatte am 10. November abends bereits im Bett gelegen, als ich die Sirenen der Feuerwehr hörte." Hunkemeier blickte den Staatsanwalt an. Als der ihm zunickte, fuhr er fort: „Ich bin noch einmal aufgestanden, weil ich auch einen Feuerschein sah. Da ich nicht wusste, was passiert war, habe ich mich angezogen und bin nach draußen auf die Straße gegangen. Meine Frau ist in der Wohnung geblieben. Da habe ich das brennende Haus der Familie Worms gesehen."

„Wie war Ihr Verhältnis zu der Familie Worms?"

„Wir kennen uns gut, wir sind ja fast noch Nachbarn ... Wir haben unsere Einkäufe immer in dem Laden von Wilhelm und Otto Worms gemacht."

Der Staatsanwalt nickte. „Erzählen Sie weiter. Haben Sie an dem Abend Personen erkannt, die sich in der Nähe des brennenden Hauses befanden?"

24

„Ja, da waren der SA-Führer Teiling und der SS-Führer Kieslich, ich hatte den Eindruck, dass sie sich stritten. Jedenfalls habe ich das ihren Armbewegungen entnommen. Feuerwehrleute waren auch da. Ich habe auch den inzwischen verstorbenen Feuerwehrhauptmann Pöttering erkannt. Er hat die Löscharbeiten geleitet."

„Damit dürfte klar sein", wandte sich Wering an die am Richtertisch sitzenden Personen, „dass der SS-Obersturmführer Kieslich an den Geschehnissen in der Nacht von 10. auf den 11. November 1938 maßgeblich beteiligt war."

Rechtsanwalt Büssing schüttelte den Kopf und meldete sich zu Wort. „Ich habe noch ein paar Fragen an den Zeugen."

Richter Huiskens nickte und forderte ihn auf, seine Fragen zu stellen.

„Herr Hunkemeier, wie alt sind Sie?"

„Ich bin letztes Jahr im Dezember 80 Jahre alt geworden."

„Dann waren Sie zum Zeitpunkt des Brandes etwa 70 Jahre alt. Stimmt das?"

Hunkemeier nickte. „Ja."

„Können Sie uns einmal auf dieser Skizze zeigen, wo Sie standen, als das Geschäft der Familie Worms brannte?" Büssing deutete auf den DIN-A-2 großen Plan, der rechts vom Richtertisch an einem Gestell befestigt war und den oberen Teil der Eschstraße abbildete.

Hunkemeier ging langsam zu dem Gestell, wo er

einige Zeit benötigte, um sich zu orientieren. Dann zeigte er auf eine Stelle. „Etwa hier."

Büssing nickte. „Das war, wenn ich den Maßstab der Karte richtig lese, etwa 200 Meter von dem brennenden Haus entfernt."

Hunkemeier wiegte seinen Kopf hin und her: „Da haben Sie aber großzügig gerechnet."

Büssing ging darauf nicht ein, er stellte stattdessen seine nächste Frage: „Herr Hunkemeier, Sie tragen eine Brille?"

„Ja."

„Schon lange? Auch schon im Jahre 1938?"

„Ja, seit meiner Jugend."

Büssing blickte daraufhin zum Richtertisch und sprach die Geschworenen an: „Machen Sie sich ein eigenes Bild: Herr Hunkemeier ist mit der Familie Worms gut bekannt, vielleicht sogar befreundet. Er war früher langjähriger Kunde des Geschäftes. Er war zum Zeitpunkt des Brandes 70 Jahre alt, er war und ist Brillenträger. Sein Sehvermögen ist also schwach. Er befand sich etwa 200 Meter vom brennenden Haus entfernt und will Herrn Kieslich in der Nähe des Hauses gesehen haben. Berücksichtigen Sie bitte auch, dass es dunkel war und die Sichtverhältnisse durch Qualm und Feuerschein sicherlich beeinträchtigt waren." Er machte eine kurze Pause, um seine Sätze wirken zu lassen. „Kann sich Herr Hunkemeier nicht getäuscht haben?", fragte er dann. „Kann er Herrn Kieslich nicht mit dem – und dieser

26

Mann war unstrittig dort – am Brandort anwesenden und inzwischen verstorbenen Marine-SA-Führer Fischer verwechselt haben? Die Uniformen der SS und die der Marine-SA sehen ja sehr ähnlich aus." Büssing machte eine erneute Pause. Er blickte die drei hauptamtlichen Richter an: „Wir sollten auf die Vereidigung des Zeugen Hunkemeier verzichten, um ihn nicht in Schwierigkeiten zu bringen."

\*\*\*

Kieslichs Verteidiger hatte als Zeugen unter anderem den ehemaligen SS-Mann Stefan Barner benannt. Die Befragung Barners durch den Rechtsanwalt des Angeklagten war nur kurz gewesen. Barner hatte vor allem Kieslichs Ehrlichkeit, Gerechtigkeitssinn und Patriotismus hervorgehoben.

Daraufhin übernahm Staatsanwalt Wering die Befragung Barners. Einleitend fragte er: „Herr Barner, in welchem Verhältnis standen Sie zu dem Angeklagten Kieslich?"

„Herr Kieslich war Führer des Bünder SS-Sturms, dem ich auch angehört habe."

„Seit wann waren Sie Mitglied der SS?"

Barner überlegte kurz. „Seit September 1936", sagte er dann. „Ich bin kurz nach den Olympischen Spielen in die SS eingetreten."

„Herr Barner, können Sie sich an den 10. November

des Jahres 1938 erinnern?"

Barner nickte. „Ja, das kann ich."

„Ist der SS-Sturm, wie uns andere Zeugen berichtet haben, am Nachmittag des 10. November vom SS-Heim aus in geschlossener Formation zum Geschäft Worms in der Eschstraße marschiert?"

„Ja."

„Waren Sie dabei?"

„Ja."

Wering beugte sich vor. „Was wollte der SS-Sturm in dem Geschäft der Familie Worms?"

„Wir hatten den Befehl, das Haus nach Waffen zu durchsuchen. In Paris war ein Mitglied der deutschen Botschaft von einem Juden erschossen worden. Es gab Gerüchte, Juden planten auch in Deutschland Attentate. Das sollte verhindert werden."

Wering schüttelte den Kopf. „Dieses Gerücht entbehrte ja wohl jeglicher Grundlage – oder?"

Barner schwieg und ließ damit die Frage unbeantwortet. Er hob lediglich seine Schultern.

Nachdem Wering eine Weile gewartet hatte, wandte er sich erneut an Barner: „Wurde der SS-Sturm an diesem Tage von Obersturmführer Kieslich befehligt?"

Barner schüttelte den Kopf. „Nein, Obersturmführer Kieslich war nicht anwesend. Ich habe Herrn Kieslich an diesem Tag nicht gesehen. Soweit mir bekannt ist, war er an diesem Tag überhaupt nicht in Bünde."

Staatsanwalt Wering blickte Barner prüfend an: „Sie

28

sind sich ganz sicher, dass der Angeklagte an diesem Tag nicht in Bünde war?"

„Ja."

Wering wandte sich daraufhin an Richter Huisken: „Ich beantrage, den Zeugen Barner zu vereidigen." Zu Barner sagte er: „Herr Barner, sind Sie darüber belehrt worden, dass auf Meineid eine hohe Strafe steht?"

Barner nickte.

Barner wurde von Richter Huisken vereidigt, dann folgte der frühere SS-Mann Rolf Kotte als nächster Zeuge der Verteidigung. Nachdem Kotte Angaben zu seiner Person gemacht hatte, wurde er von Rechtsanwalt Büssing befragt.

„Herr Kotte, sind Sie am Nachmittag des 10. November 1938 auch mit den anderen SS-Männern zum Haus der Familie Worms marschiert?"

„Nein."

„Weshalb nicht? Hat Sie der Befehl nicht erreicht?"

Kotte schüttelte den Kopf. „Nein, ich war an diesem Tag überhaupt nicht in Bünde."

„Wo waren Sie?"

„Ich war mit Herrn Kieslich, mit dem ich auch persönlich befreundet war und bin, für drei Tage in der Reichshauptstadt."

Büssing warf einen raschen Blick zum Richtertisch, bevor er sich wieder Kotte zuwandte: „Was war der Anlass Ihrer Reise?"

Kotte schaute jetzt zur Anklagebank und suchte den

Blickkontakt mit Kieslich. „Herrn Kieslichs Mutter hatte nach dem Tod ihres Mannes noch einmal geheiratet und lebte zu der Zeit mit ihrem zweiten Mann in Berlin", sagte er dann. „Sie war sehr krank. Es war zu befürchten, dass sie bald sterben würde. Herr Kieslich hatte Sonderurlaub beantragt und wollte seine Mutter noch einmal sehen. Da ich ein Auto besitze, hatte er mich gefragt, ob ich mit ihm nach Berlin fahren könnte. Ich habe natürlich zugesagt und wir sind dann am Morgen des 9. November losgefahren. Am Nachmittag des 11. November waren wir wieder zurück in Bünde."

Büssing nahm Platz. Staatsanwalt Wering wirkte überrascht, er brauchte ein paar Sekunden, bis er seine Fragen formulieren konnte: „Herr Kotte, haben Sie noch eine Hotelquittung oder andere Belege, die beweisen können, dass Sie an diesen Tagen in Berlin waren?"

Kotte schüttelte den Kopf. „Nein, wir haben bei einem Berliner SS-Kameraden von Herrn Kieslich gewohnt."

Rechtsanwalt Büssing schaltete sich noch einmal ein. „Wir haben versucht, von dem Kameraden, einem Herrn Hans Wisskopp, eine schriftliche Bestätigung über den Aufenthalt zu bekommen, aber Herr Wisskopp wohnt im Osten der Stadt, in Köpenick, und Sie wissen ja selbst, wie schwierig das zur Zeit ist …. Herr Kieslich weiß zudem nicht, ob Herr Wisskopp heil durch den Krieg gekommen ist."

Wering wandte sich wieder an Kotte. „Woher wissen Sie eigentlich so genau, dass Sie gerade am 9. November nach Berlin gefahren sind und nicht einen oder zwei Tage später?"

„Na, das kann ich Ihnen genau sagen." Kotte grinste schwach. „Wir waren am Abend des 9. November Zeugen des Synagogenbrandes in Berlin in der Fasanenstraße. Herrn Kieslichs Mutter wohnte in der Nähe."

„Und Sie haben sich dabei die Hände gerieben – oder?"

Rechtsanwalt Büssing sprang auf: „Herr Richter, eine solche Unterstellung muss sich mein Zeuge nicht gefallen lassen."

\*\*\*

Rechtsanwalt Büssing hatte auch den Bünder Pfarrer Pörtner als Entlastungszeugen benannt. Der Pfarrer, ein kleiner, kräftiger Mann mit schlohweißen, längeren Haaren und einer runden Nickelbrille auf der Nase, war in einen dunklen Anzug gekleidet. Den dünnen Pullover, den er unter dem Jackett trug, schloss ein weißer Kragen ab. Dem Pfarrer ging der Ruf voraus, während der Zeit des „Dritten Reiches" unbeugsam die Rechte der Kirche gegenüber der nationalsozialistischen Partei verteidigt zu haben.

Der Pfarrer schien seinen öffentlichen Auftritt zu genießen. Er grüßte die Personen am Richtertisch und den Staatsanwalt. Dann wandte er sich dem Rechtsanwalt zu, der mit der Befragung begann.

„Herr Pfarrer, Sie kennen den Angeklagten Kieslich?"

Der Pfarrer nickte. Er hatte eine tiefe, sonore Stimme und sprach langsam. „Ja, natürlich. Ich kenne Herrn Kieslich gut. Er hat regelmäßig meinen Gottesdienst besucht, auch nach der Machtergreifung der Nationalsozialisten. Er ist keiner dieser Schönwetterchristen."

Büssing schien mit der Antwort zufrieden zu sein. „Sie haben gemeinsam mit Herrn Kieslich am Bünder Jungengymnasium Religionsunterricht erteilt. Welchen Eindruck hatten Sie seinerzeit von Herrn Kieslich gewonnen?"

„Herrn Kieslichs Religionsunterricht entsprach den Vorgaben der Bekennenden Kirche. Ich habe nie Schwierigkeiten mit der Bünder SS gehabt, weil Herr Kieslich offenbar dafür gesorgt hat, dass sich die SS aus den kirchenpolitischen Auseinandersetzungen in Bünde herausgehalten hat."

„Nun war Herr Kieslich aber nicht nur einfaches Mitglied der SS, sondern der führende Vertreter der SS am Orte ..."

Der Pfarrer nickte. „Das stimmt, aber ich hatte den Eindruck, dass Herr Kieslich weniger aus Überzeugung, sondern eher aus Geltungsdrang Mitglied und Führer der SS geworden ist." Pörtner zögerte kurz. „Er hat vermutlich gedacht, dass ihm das bei seiner beruflichen Entwicklung hilfreich sein könnte", ergänzte er dann.

Büssing nickte zufrieden, bevor er seine letzte Frage stellte: „Hat Herr Kieslich, wie seinerzeit viele andere

Mitglieder der SS, der Kirche den Rücken gekehrt und ist ausgetreten?"

Pfarrer Pörtner schüttelte den Kopf. „Nein, das hat er nicht getan."

„Herr Pfarrer, ich danke Ihnen für Ihre Aussage."

Staatsanwalt Wering übernahm die weitere Befragung. „Herr Pfarrer, waren Sie bei dem Brand des Hauses der Familie Worms oder bei der Zerstörung der Synagoge zugegen?"

„Von dem nächtlichen Brand habe ich nichts mitbekommen, da ich Frühaufsteher bin und abends recht zeitig zu Bett gehe. Am Vormittag des 10. November war ich zufällig in der Nähe der Synagoge und da habe ich gesehen, dass etwa 30 oder 40 aufgebrachte Menschen vor der Synagoge standen. Dann erschien Landrat Weichert", der Pfarrer blickte zur Anklagebank hinüber, „der hatte ein Beil in der Hand und hat damit auf die Synagogentür eingeschlagen. Das war dann für die Menge das Signal zum Sturm auf die Synagoge."

Weichert schüttelte heftig den Kopf und beugte sich zu seinem Rechtsanwalt herüber. Werning beachtete den ehemaligen Landrat nicht und befragte Pörtner weiter: „Haben Sie als Seelsorger dieser Menschen nicht versucht, die Zerstörung der Synagoge zu verhindern?"

Der Pfarrer schüttelte den Kopf. „Nein, bei der Erregung der Menschen war das unmöglich. Im Nachhinein mache ich mir natürlich Vorwürfe. Ich hätte es vielleicht doch versuchen sollen."

Als nächsten Zeugen rief Rechtsanwalt Büssing den Schuldirektor Dr. Friedhold Wegener, den Leiter des Bünder Jungengymnasiums, auf. Dr. Wegener war ein älterer Mann mit Brille und schütteren Haaren, der offenbar kurz vor seiner Pensionierung stand. In seinem Gesicht hatte er einen Schmiss, der ihn als Mitglied einer schlagenden Verbindung auswies.

Rechtsanwalt Büssing erhob sich und ließ seinen Blick über die Zuschauer streichen. Er schien mit dem bisherigen Verlauf der Zeugenbefragungen zufrieden zu sein. Dann wandte er sich dem Schuldirektor zu: „Herr Dr. Wegener, welche Fächer hat Herr Kieslich an Ihrer Anstalt unterrichtet?"

„Englisch, evangelische Religionslehre und Sport."

„Können Sie uns kurz schildern, wie Sie Herrn Kieslich als Lehrer erlebt haben?"

„An unserer Anstalt waren zu der Zeit etwa 20 Lehrer tätig. Herr Kieslich war einer von ihnen, er ist während der Jahre, die ich ihn kenne, nie negativ aufgefallen."

Büssing nickte, schien aber auf eine andere Antwort hinaus zu wollen. „Herr Dr. Wegener, meine Frage zielte mehr darauf, ob sich Herr Kieslich an der Schule, das heißt in seiner Eigenschaft als Lehrer, politisch betätigt hat?"

Dr. Wegener schüttelte den Kopf. „In der Schule ist Herr Kieslich politisch nie hervorgetreten, auch während der Lehrerkonferenzen nicht."

„Gibt es Hinweise darauf, dass sich Herr Kieslich

34

seinerzeit im Unterricht antisemitisch geäußert hat?"

Dr. Wegener schüttelte erneut den Kopf. „Es ist mir nicht bekannt, dass er in der Schule jemals Äußerungen gegen Juden gemacht hat. Das war an der von mir geleiteten Schule auch nicht üblich."

Man konnte es Staatsanwalt Wering ansehen, dass er am Wahrheitsgehalt dieser Aussage zweifelte. Wie in Zeitlupe schüttelte er seinen Kopf.

„Herr Dr. Wegener, ich danke Ihnen." Büssing schien mit den Ergebnissen der Befragung zufrieden zu sein. Er blickte lächelnd zu Staatsanwalt Wering herüber. Richter Huisken war dem Blick gefolgt und fragte: „Herr Staatsanwalt, haben Sie noch Fragen an den Zeugen?"

Wering erhob sich. „Ja."

Er drehte sich zu Dr. Wegener um. „Stimmt es, Herr Dr. Wegener, dass Herr Kieslich mehrere seiner Primaner zum Eintritt in die SS aufgefordert hat und dass diese dann Mitglied des Bünder Sturms geworden sind?"

Dr. Wegener war sichtlich überrascht. Er legte seine Stirn in Falten. „Dazu kann ich Ihnen leider nichts sagen", erklärte er, „schließlich besitze ich keine Mitgliederliste des Bünder SS-Sturms."

Der Staatsanwalt ließ nicht locker. „Waren Sie, Herr Dr. Wegener, Mitglied der NSDAP?"

Dr. Wegener zögerte kurz, bevor er sagte: „Ja, allerdings erst seit 1937, als es sich nicht mehr vermeiden ließ, der Partei beizutreten. Ich hätte sonst nicht weiter

Direktor des Gymnasiums sein können."

Eine, vielleicht die entscheidende Frage hatte sich Wering bis zum Schluss aufgehoben. „Können Sie sich daran erinnern, dass Sie Herrn Kieslich im November 1938 aus familiären Gründen für drei Tage Sonderurlaub bewilligt haben?"

Dr. Wegener kratzte sich am Kopf. „Ja, da war etwas. Ich erinnere mich. Ob das aber exakt im November 1938 war, kann ich Ihnen heute nicht mehr sagen."

## 3. Kapitel

**Samstag, 29. Januar 1949**

Auf dem Bünder Marktplatz drängten sich am späten Vormittag einige Hundert Menschen vor einer provisorischen Rednertribüne. Die ‚Vereinigung der Verfolgten des Naziregimes' hatte zu einer Demonstration aufgerufen. Es war kalt und windig und feine Schneeflocken trieben über den Platz. Die widrigen Wetterverhältnisse hatten aber nicht verhindern können, dass sich der Marktplatz mit immer mehr Menschen füllte. Wilhelm Worms, der sich auf seinen Gehstock stützte und mit seiner Frau vor dem Gebäude des Amtsgerichtes in unmittelbarer Nähe der Villa Michelson stand, schätzte, dass weit mehr als 1.000 Männer und Frauen zusammengekommen waren.

Wilhelm und Erna Worms hielten sich abseits und beobachteten das Geschehen. Sie waren im Vorfeld von einem Vertreter der örtlichen VVN gebeten worden, ebenfalls als Redner aufzutreten und über ihre Erlebnisse während der Pogromnacht im November 1938 und über ihren Aufenthalt im Konzentrationslager Theresienstadt zu berichten. Wilhelm Worms hatte das abgelehnt. Zum einen lief der Prozess in Bielefeld noch und zum anderen wollte er sich nicht vor den Karren der doch stark von der KPD beeinflussten VVN spannen lassen, denn mit den Kommunisten sympathisierte er als Geschäftsmann keineswegs. Er und seine Frau hatten es ohnehin schwer, gesellschaftlich wieder Fuß zu fassen. Viele Menschen mieden den Kontakt zu ihnen, vermutlich weil sie ein schlechtes Gewissen hatten und sie sich nicht an ihr feiges Verhalten während der Zeit des Nationalsozialismus erinnern lassen wollten.

Wilhelm Worms war von der großen Anzahl der Demonstranten überrascht. Es waren aber nicht alles Menschen aus Bünde, die sich da auf dem Marktplatz versammelten, die Mehrzahl kam sicherlich von außerhalb, aus Herford oder Bielefeld.

Hauptredner der Veranstaltung war – wie man auf den ausgehängten Plakaten lesen konnte – ein gewisser Peter Nettesheim vom Landesvorstand der ‚Vereinigung der Verfolgten des Naziregimes'. Nettesheim, ein kleiner, hagerer Mann mit Hornbrille, der aber über eine laute Stimme verfügte, stellte sich um Punkt elf Uhr hinter das Mikrofon, begrüßte die Anwesenden und berichtete einleitend über den bisherigen Verlauf des Prozesses vor dem Bielefelder Landgericht. Dann sagte er: „Ob Paul Kieslich einer gerechten Bestrafung zugeführt wird, das liegt zwar in den Händen der Richter, aber auch ihr, die ihr hier versammelt seid, solltet ein deutliches Signal geben, dass ihr ein gerechtes Urteil erwartet. Eine Vielzahl vom Typ ‚Kieslich' sitzt heute schon wieder in ihren Ämtern. Es ist Sache des Volkes, die notwendige Reinigung herbeizuführen, um inneren Frieden, Ordnung und soziale Gerechtigkeit zu bekommen. Die Zeit des Faschismus ist vorbei – und das soll auch so bleiben."

Die Zuhörer applaudierten. Zustimmende Rufe wurden laut. Nettesheim wartete den Applaus ab und setzte erneut an: „Jeder hier in Bünde weiß, dass Kieslich an den Zerstörungen nicht nur bloß beteiligt war, sondern dass er sie auch maßgeblich gelenkt hat. Als Führer der örtlichen SS hat er entscheidend an den Exzessen mitgewirkt. Ob die Richter das auch so sehen, wissen wir zur Zeit noch nicht. Der bisherige Prozessverlauf hat gezeigt, dass Kieslich mit allen Mitteln versucht, sich seiner Verantwortung für die Ereignisse im November 1938 zu entziehen. Das dürfen wir nicht hinnehmen." Laute, bestätigende Rufe schallten über den Platz.

Wilhelm Worms nickte seiner Frau zu. Nettesheim sprach ihm aus der Seele. Der bisherige Prozessverlauf hatte noch kein klares Bild davon vermitteln können, ob Kieslich verurteilt werden würde. Bislang hatte er jegliche Beteiligung an den Exzessen im November 1938 abgestritten. Zu welchem Urteil das Gericht kommen würde, hatte auch Gernot Deppe, der Rechtsanwalt, der Wilhelm und Erna Worms vertrat, nicht vorhersagen wollen.

Ein zweiter Redner, dessen Alter Wilhelm Worms auf Anfang Zwanzig schätzte, hatte jetzt die provisorische Tribüne erklommen. Der junge Mann machte einen selbstsicheren Eindruck. Er erläuterte die Ziele der ‚Vereinigung der Verfolgten des Naziregimes' und warb dafür der ‚Vereinigung' beizutreten. Nur die VVN könne die Interessen der ehemals Verfolgten gegenüber den staatlichen Stellen wirksam vertreten. Es sei allerhöchste Zeit, den rassisch und politisch Verfolgten endlich die ihnen zustehende Entschädigung für unrechtmäßige Inhaftierung und sonstige Benachteiligungen zukommen zu lassen, damit sie Gelegenheit erhielten, sich eine neue Existenz aufzubauen. Auch dieser Redner erhielt starken Applaus.

Langsam zerstreute sich die Menge. Jetzt war es fast windstill. Hinter einem Tisch, der neben der Tribüne stand, saß ein Mann und verteilte Informationsmaterial der VVN sowie Aufnahmeanträge. Als Wilhelm und Erna Worms an dem Tisch vorbeigingen, wurden sie von Nettesheim angesprochen, der sich mit dem örtlichen Vertreter der VVN, dem jungen Mann, der zuvor ebenfalls auf der Rednertribüne gestanden hatte, unterhielt. Offenbar hatte der Bünder VVN-Vertreter Nettesheim erklärt, wer da auf sie zukam, denn Nettesheim begrüßte die beiden und fragte dann: „Herr Worms, wie hat Ihnen die Veranstaltung gefallen?"

Wilhelm und Erna Worms blieben stehen. Wilhelm Worms sagte: „Sehr gut. Ich hoffe, genau wie Sie, dass das Gericht in der kommenden Woche zu einem gerechten Urteil kommt."

Nettesheim nickte. „Menschen wie Kieslich dürfen in dem neu aufgebauten Deutschland keine Bedeutung mehr haben. Wie ich gerade hörte, soll Kieslich ja auch für die Inhaftierung einiger Kommunisten und Sozialdemokraten verantwortlich sein."

„Das ist sehr wahrscheinlich." Wilhelm Worms tippte an seine Hutkrempe. Nettesheim spürte, dass Worms an einem längeren Gespräch nicht interessiert war. Der VVN-Landesvorsitzende verabschiedete sich deshalb von dem Ehepaar Worms und wandte sich wieder seinem vorherigen Gesprächspartner zu.

Der Marktplatz war inzwischen fast vollständig leer. Auf ihrem Weg zurück in die Winkelstraße, wo sie nach ihrer Rückkehr aus dem Konzentrationslager in das Haus des früheren SS-Obersturmführers Kieslich einquartiert worden waren, gingen Wilhelm und Erna Worms am alten jüdischen Friedhof vorbei, der von den Nationalsozialisten während der Pogromnacht verwüstet worden war. Vor dem kleinen Friedhof, auf dem schon seit der Jahrhundertwende keine Beerdigungen mehr stattgefunden hatten, blieben sie eine Weile stehen und blickten einander an. „Wo der Grabstein meiner Großeltern jetzt ist, bleibt ein Rätsel", sagte Wilhelm Worms. Als sie nach ihrer Rückkehr aus dem KZ Theresienstadt den Friedhof besucht hatten, waren viele der alten Grabsteine verschwunden und bislang hatten sie noch nicht herausgefunden, was mit diesen Grabsteinen geschehen war.

## 4. Kapitel

**Mittwoch, 2. Februar 1949**

Nachdem Landgerichtsdirektor Dr. Huisken den letzten Verhandlungstag pünktlich um 9.00 Uhr eröffnet hatte, bat er zunächst den Rechtsbeistand von Landrat Weichert um sein Plädoyer, in welchem der Verteidiger unter anderem auf die „segensreiche Tätigkeit" des Landrats für die Bevölkerung seines Landkreises hinwies. Er zitierte aus einem Schreiben des ehemaligen Regierungspräsidenten aus dem Jahre 1948, in dem dieser Weichert als begabten und innovativen Verwaltungsbeamten charakterisierte. Der Anwalt verwies zudem darauf, dass sich Landrat Weichert während seiner Amtszeit mehrfach Anordnungen des NSDAP-Kreisleiters widersetzt habe. Am Ende seines Plädoyers, in dem der Rechtsanwalt allerdings nicht auf die Beteiligung des Landrats bei der Zerstörung der Bünder Synagoge einging, forderte er für seinen Mandanten einen Freispruch.

Danach war Rechtsanwalt Büssing mit seinem Plädoyer an der Reihe. Büssing erhob sich, blickte sich um – und schwieg eine Weile, um so die Aufmerksamkeit im Saal auf sich zu lenken. Dann wandte er sich an die Geschworenen: „Sehr geehrte Herren Geschworene, in den Verhandlungstagen hat sich eindeutig gezeigt, dass mein Mandant zu Unrecht beschuldigt worden ist. Die Zeugen haben meinen Mandanten als ehrlichen, gläubigen und patriotischen Christenmenschen beschrieben, der während des Krieges an der Ostfront sein Leben für sein Vaterland eingesetzt hat."

Jemand aus dem Kreis der Zuhörer rief laut: „In einem Krieg, den er und seine Nazifreunde vom Zaun gebrochen haben!"

Büssing, von diesem Zwischenruf unterbrochen, wartete kurz, bis Landgerichtsdirektor Dr. Huisken den Störer zur Ordnung gerufen und ernsthaft verwarnt hatte, bevor er sein Plädoyer fortsetzte. „Mehrere Zeugen haben ausgesagt und beeidet, dass Herr Kieslich am fraglichen 10. November 1938 überhaupt nicht in Bünde, das heißt überhaupt nicht in der Nähe des Tatortes gewesen ist.

Dass mein Mandant von interessierter Seite einer Tat beschuldigt wird, die er nicht begangen hat, verwundert nicht, denn eine Verurteilung seiner Person durch dieses Gericht hätte für jene Leute nur Vorteile." Büssing ließ seinen Blick über die Reihen der Zuschauer streichen und blieb dabei – für alle sichtbar – kurze Zeit an Wilhelm und Erna Worms hängen.

„Wir haben von seinem Pfarrer, wir haben von seinem Schulleiter erfahren, dass sich Herr Kieslich nichts hat zuschulden kommen lassen. Im Gegenteil: Er ist Mitglied seiner Kirchengemeinde geblieben, obgleich seine Führer ihn beschworen hatten, der Kirche den Rücken zu kehren. Herr Kieslich ist ein gläubiger Mensch, ein moralisch gefestigter Mensch, der allein aus diesem Grunde die ihm unterstellten Verbrechen niemals hätte begehen können." Büssing machte abermals eine kurze Pause, um seinem abschließenden Satz mehr Gewicht zu verleihen: „Wenn man meinem Mandaten etwas vorwerfen kann, dann ist es sein Ehrgeiz. Aber Ehrgeiz ist nicht strafbar. Aus diesem Grunde bitte ich Sie, meinen Mandanten von der gegen ihn erhobenen Anklage freizusprechen."

\*\*\*

Als die drei Richter des Schwurgerichts gemeinsam mit den sechs Schöffen nach der Mittagspause und der anschließenden Beratung in den Gerichtssaal zurückkehrten, um das Urteil zu verkünden, verstummten alle Gespräche. Die beiden Angeklagten und ihre Verteidiger erhoben sich. Erwin Weichert, der ehemalige Landrat des Kreises Herford, der am Vormittag des 10. November 1938 nach Bünde gekommen war, um dafür zu sorgen, dass auch die Bünder NSDAP – wenngleich etwas verspätet – ihren „Beitrag" zur Reichskristallnacht leistete, wurde, wie Landgerichtsrat Dr. Huisken verkündete, wegen Verbrechens gegen die Menschlichkeit zu zwei Jahren Zuchthaus und Aberkennung der bürgerlichen Ehrenrechte auf die Dauer von drei Jahren verurteilt. Aus seiner Urteilsbegründung wurde deutlich, dass er die Weichert vorgeworfenen Taten als hinreichend bewiesen ansah. Weichert blickte sich um, er suchte offenbar Bekannte, die im Zuschauerraum saßen,

44

und schüttelte den Kopf. Offenbar empfand er das Urteil als nicht gerecht.

Richter Huisken wandte sich dem zweiten Angeklagten zu, für den Staatsanwalt Wering ebenfalls eine mehrjährige Haftstrafe gefordert hatte: „Der Angeklagte Kieslich wird freigesprochen." Zunächst ungläubiges Staunen, dann laute Zwischenrufe: die Mehrheit des Publikums schien mit diesem Urteil unzufrieden zu sein. Richter Huisken erhob, nachdem die Zwischenrufe abgeflaut waren, noch einmal seine Stimme, um das Urteil zu begründen: „In diesem Prozess ist vermutlich viel gelogen und viel verheimlicht und verschleiert worden. Das Gericht war zum Teil auf Zeugen angewiesen, die selbst im dringenden Verdacht einer aktiven oder passiven Teilnahme an Verbrechen stehen. Deshalb konnte sich das Gericht, was den Angeklagten Kieslich angeht, nicht zu einem Schuldspruch durchringen. Die Aussagen der Zeugen Barner und Kotte legen nahe, dass sich der Angeklagte während der Ausschreitungen nicht am Tatort befunden hat und dass diejenigen, die ihn zu erkennen geglaubt haben, ihn möglicherweise mit dem inzwischen verstorbenen Marine SA-Führer Fischer verwechselt haben. Die Aussage der Zeugin Worms konnte nicht berücksichtigt werden, da sie inzwischen mit ihrem Mann das Haus der Familie Kieslich bewohnt. Um in dem Haus bleiben zu können, kann ihr ein Interesse an der Verurteilung des Herrn Kieslich unterstellt werden. Also konnte das Gericht nicht anders als nach dem

Grundsatz ‚In dubio pro reo' entscheiden. Die Sitzung ist damit geschlossen."

Lautes Gemurmel setzte ein, während sich die Zuschauer von den Bänken erhoben. Wilhelm und Erna Worms blieben noch eine Zeitlang ungläubig sitzen. Zunächst waren sie sprachlos, dann brach es aus Erna Worms heraus: „Das ist doch ein krasses Fehlurteil. Ich habe den Kieslich genau erkannt. Er hat dafür gesorgt, dass unsere aus dem Laden geretteten Waren wieder zurück in das Feuer geworfen wurden. Ich habe mich nicht getäuscht. Ein Irrtum ist völlig ausgeschlossen." Wilhelm Worms griff nach der Hand seiner Frau: „Natürlich hast du Recht, die Justiz war heute wirklich blind." Er zögerte. „Nicht nur blind, sondern auch taub!" Seine Worte hatten einen bitteren Klang.

Inzwischen war Gernot Deppe, ihr Rechtsanwalt, der zuvor noch ein kurzes Gespräch mit Richter Huisken geführt hatte, zu ihnen gekommen. Auch er wirkte konsterniert. „Das ist mir in meiner langen Laufbahn noch nicht passiert", stieß er hervor. „Die Sachlage war doch so klar, Kieslich musste verurteilt werden."

Auch Kieslich hatte sich von der Anklagebank erhoben und strebte jetzt, umringt von einigen Freunden oder Bekannten, dem Ausgang zu. Während er das Ehepaar Worms passierte, grinste er die beiden an und kniff dabei ein Auge zu.

Rechtsanwalt Deppe musste seinen Mandanten festhalten, sonst hätte Wilhelm Worms dem Studienrat mit seinem Gehstock einen Schlag verpasst.

Kieslich lachte jetzt laut auf. „Oh ha", sagte er, „da will jemand die deutsche Rechtsprechung angreifen." An seine Begleiter gewandt, erklärte er, auf Worms weisend: „Das hätte er vor ein paar Jahren nicht gewagt. Aber da war er ja auch nicht in Bünde, sondern in Theresienstadt." Jetzt lachten auch Kieslichs Begleiter. Drei von ihnen waren Worms bekannt. Es waren Mitglieder des Bünder SS-Sturms.

Kieslich wandte sich noch einmal an Worms: „Jude, besorg' dir schon mal einen Umzugswagen. Ich will zurück in mein Haus."

Immer noch lachend schob sich die Gruppe, Kieslich vorneweg, durch die Tür des Gerichtssaales. „Wir gehen jetzt ins *Enzian*. Ihr seid natürlich eingeladen", hörte Worms den früheren SS-Führer zu seinen Begleitern sagen.

Der Gerichtssaal war jetzt fast leer. Lediglich der frühere Landrat Weichert stand, rechts und links je einen Polizisten neben sich, vor der Anklagebank und wartete darauf, abgeführt zu werden. Bevor auch Worms den Gerichtssaal verließ, warf er Weichert einen letzten Blick zu, den jener aber nicht erwiderte.

\*\*\*

Walter Helmke, Kommissar in der Abteilung für Gewaltverbrechen, war gerade im Begriff sein Büro zu verlassen, als das Telefon klingelte. Helmke überlegte kurz, den Anruf zu ignorieren, griff dann aber seufzend zum Hörer.

„Schön, dass ich Sie noch erreiche, Herr Kommissar." Liane Bartels, die Sekretärin von Kriminalrat Mähler, war am anderen Ende der Leitung. „Es gibt einen Mord. Der Herr Kriminalrat bittet Sie, den Fall zu übernehmen."

Helmkes Begeisterung für den neuen Auftrag hielt sich in Grenzen. „Was ist passiert?", knurrte er. Er hatte sich eigentlich auf ein Feierabendbier bei seinem früheren Kollegen Wessler gefreut, den er nach dessen Pensionierung gelegentlich besuchte.

„Im *Enzian*, das ist ein Lokal neben der Neustädter Kirche …"

„Kenne ich", unterbrach Helmke sie.

Die Sekretärin ließ sich dadurch aber nicht aus der Ruhe bringen. „Im *Enzian*", wiederholte sie, „ist ein Toter gefunden worden. Die Spurensicherung ist bereits informiert."

„Ist gut. Dann machen wir uns mal auf die Socken." Helmke versuchte sich seinen fehlenden Enthusiasmus nicht anmerken zu lassen. Er gab seinem Assistenten Maximilian Bach, der bereits seinen Mantel angezogen hatte und neben der Tür stand, weil er gemeinsam mit Helmke das Büro hatte verlassen wollen, mit einem kurzen Handzeichen die Anweisung, noch dazubleiben.

Nachdem er den Hörer auf die Gabel gelegt hatte,

erklärte Helmke seinem Kollegen knapp: „Mordfall im *Enzian*. Aus unserem Feierabend wird erstmal nichts."

Bach, ein junger Mann Anfang Zwanzig, verzog sein Gesicht. „Und dabei wollte ich heute …" Der Satz blieb unvollendet, denn Helmke hatte schon seinen Mantel angezogen und den Hut aufgesetzt. Er stand bereits in der geöffneten Bürotür. Bach beeilte sich, griff ebenfalls nach seinem Hut und schloss sich Helmke an.

Die Straßen waren vom Schnee geräumt, so dass sie mit dem Auto in wenigen Minuten an der Neustädter Kirche waren, wo sie ohne Probleme einen vom Schnee befreiten Bürgersteigabschnitt fanden. Vor dem Eingang des *Enzian* stand ein uniformierter Kollege, den Helmke von früheren Einsätzen her kannte.

Helmke grüßte, indem er kurz mit dem Zeigefinger an seine Hutkrempe tippte. „Wo befindet sich die Leiche?", fragte er.

„Unten, im Toilettenbereich." Der Uniformierte zeigte auf eine Treppe, die rechts hinter der Eingangstür nach unten in die Kellerräume führte. An der Wand über der Treppe war ein Schild mit der Aufschrift „Toiletten" angebracht.

Helmke und Bach nickten dem Kollegen zu. Während Helmke die Treppe hinunterstieg, wobei er wegen der niedrigen Deckenhöhe darauf achten musste, sich nicht den Kopf zu stoßen, steuerte Bach den Gastraum des Lokales an, aus dem Gesprächsfetzen nach außen drangen.

Die Treppe mündete unten in einen Flur, von dem

zwei Türen mit den Schildern „Damen" und „Herren" abzweigten.

Helmke hörte jetzt Stimmen, die aus dem Bereich der Herrentoilette kamen. Ein strenger Uringeruch lag in der Luft. Die Tür war halb geöffnet und Helmke sah einen Körper in einer Blutlache auf dem graugefliesten Boden, schräg vor dem Handwaschbecken, liegen. Es handelte sich, wie Helmke rasch feststellte, um einen Mann mittleren Alters. Sein weißes Oberhemd war im Brustbereich von Blut durchtränkt.

Dr. Weidlich, den Helmke von mehreren anderen Mordfällen kannte, hatte sich über den Toten gebeugt und öffnete gerade das blutverschmierte Hemd, um sich die tödliche Wunde genauer anzusehen. „Sehr wahrscheinlich ein Messerstich", sagte Weidlich nach kurzer Untersuchung. Er hatte bemerkt, dass Helmke in den Raum getreten war. „Nach der Menge des Blutes zu urteilen, hat der Stich das Herz getroffen, der Tod muss rasch eingetreten sein."

Helmke begrüßte den Arzt und seine beiden Kollegen von der Spurensicherung, die sich im hinteren Teil des Toilettenraumes aufhielten, mit einem kurzen Kopfnicken. „Haben Sie die Tatwaffe gefunden?"

Weidlich schüttelte den Kopf. „Hier ist sie jedenfalls nicht."

Auch Harald Coring von der Spurensicherung hob die Schultern, als Helmke zu ihm herüberblickte, um dem Kommissar damit zu signalisieren, dass auch er bislang erfolglos nach einer Tatwaffe gesucht hatte.

„Konnten Sie schon herausfinden, um wen es sich bei dem Toten handelt?", wandte sich Helmke an den Arzt.

„Das haben wir gleich", sagte Dr. Weidlich und tastete vorsichtig das Jackett des Toten ab. Nach kurzem Suchen fingerte er eine Brieftasche aus der Innenseite des Jacketts und reichte sie an Helmke weiter.

Helmke klappte die mit Blut beschmierte Brieftasche auf und entnahm ihr einen Personalausweis. „Kieslich, Paul", las er laut. „Der Tote wohnt in Bünde, im Kreis Herford", ergänzte er dann. Er gab die Brieftasche an Harald Coring weiter, der sie sorgfältig verstaute. Dann begab er sich auf den Weg nach oben.

Im großen Schankraum des Lokals hatten sich einige Männer um Maximilian Bach versammelt und sprachen mit ihm.

Bach wies auf den Eintretenden: „Mein Kollege, Kommissar Helmke", sagte er.

Helmke nickte in die Runde. „Bei dem Toten handelt es sich um Paul Kieslich", sagte er, „aber das wissen Sie ja vermutlich bereits." Einige der Männer nickten. „Haben Sie gemeinsam mit Herrn Kieslich das Lokal besucht?"

Die drei Männer, die vor Maximilian Bach standen, nickten erneut. „Das haben wir Ihrem Kollegen bereits erklärt", sagte ein hochgewachsener Modellathlet mit scharfen Gesichtszügen und kurzgeschnittenen blonden Haaren. Sein linker Arm war ihm – vermutlich in Folge einer Kriegsverletzung – amputiert worden.

Helmke zeigte auf einen etwas abseits stehenden runden Tisch, über dem von der Decke herunter ein Schild mit der Aufschrift „Stammtisch" hing: „Meine Herren, ich möchte Sie bitten, drüben an dem Tisch Platz zu nehmen. Ich werde mich gleich mit Ihnen unterhalten."

Den beiden anderen Personen, die sich im Raum aufhielten, mit der Gruppe um den Ermordeten aber wohl nichts zu tun hatten, erklärte er: „Mit Ihnen wird mein Kollege Bach sprechen."

Bevor er sich den drei Gästen zuwandte, die jetzt am Stammtisch saßen, ging Helmke zur Theke, hinter der eine rothaarige Frau wartete. Sie hatte das Geschehen die gesamte Zeit beobachtet. „Frau …" Helmke zögerte kurz, „Wolters", ergänzte die Rothaarige, „Doro Wolters". Die Frau musste früher einmal atemberaubend hübsch gewesen sein. Jetzt sah man ihr aber die zwanzig oder dreißig Jahre an, die sie hinter der Theke verbracht hatte. Sie hatte aber immer noch eine schlanke Figur, ihr Gesicht mit den hohen Wangenknochen war sorgfältig geschminkt und ihre Augen blickten hellwach. „Frau Wolters", setzte Helmke erneut an, „in Ihrem Lokal ist vorhin ein Mann ermordet worden. Ist Ihnen heute irgendetwas aufgefallen, das in Verbindung mit dieser Tat stehen könnte?"

Doro Wolters schüttelte den Kopf. „Nein", sagte sie bestimmt.

„Kennen Sie die Gruppe?" Helmke drehte seinen

Kopf Richtung Stammtisch, an dem die drei Männer inzwischen Platz genommen hatten.

Das Gesicht der Rothaarigen verriet Skepsis. „Na ja, kennen ist zu viel gesagt. Der eine oder andere ist hier früher schon mal aufgetaucht. Obwohl …, ich glaube, die kommen nicht aus Bielefeld."

„Wen glauben Sie erkannt zu haben?"

„Den großen Blonden da, den zweiten von rechts, den habe ich wiedererkannt. Hübscher Bursche. Früher hatte der aber noch beide Arme."

„Das muss dann ja schon vor oder während des Krieges gewesen sein – oder?"

„Ja." Doro Wolters setzte noch einmal an: „Sie werden es ja doch irgendwann herausfinden … Das *Enzian* war früher die Stammkneipe der örtlichen SA. Da sind häufiger auch SA-Männer von außerhalb vorbeigekommen."

„Haben Sie den Ermordeten gekannt?"

„Er war während des Krieges gelegentlich mal hier, aber gekannt habe ich ihn auch nicht. Er war, wenn ich mich nicht täusche, bei der SS. Er ist bei seinem ersten Besuch etwas aufdringlich geworden, aber ich habe ihn höflich abgewiesen. Er hat mir das nicht übelgenommen."

Helmke konnte sich gut vorstellen, wie Doro Wolters mit solchen Situationen umzugehen pflegte. Er fragte: „Haben Sie Beschäftigte, etwa in der Küche?"

„Hatte ich früher mal, momentan nicht. Das *Enzian*

hat schon bessere Tage gesehen. Im Augenblick läuft nicht so viel. Da sind in Bielefeld andere Kneipen angesagt. Die alte Kundschaft hält sich zudem sehr bedeckt."

Helmke nickte. „Gut, Frau Wolters. Wenn weitere Fragen auftauchen sollten, komme ich noch einmal auf Sie zu."

Helmke zündete sich eine Zigarette an und ging langsamen Schrittes zum Stammtisch. „Sie sind also gemeinsam mit Herrn Kieslich hier eingekehrt?", fragte er, nachdem er sich zu den drei Männern gesetzt hatte.

Die Männer nickten.

„Gut, dann würde ich mir gerne Ihre Namen und Anschriften notieren."

Die drei Männer gaben bereitwillig Auskunft. Alle drei wohnten, wie der Ermordete auch, in der Stadt Bünde. Man konnte den Männern deutlich anmerken, dass sie zu dieser frühen Stunde dem Alkohol schon reichlich zugesprochen hatten.

„Was war der Grund dafür, dieses Lokal aufzusuchen … es ist ja noch früh am Abend?" Helmke zog den Aschenbecher näher zu sich heran und streifte die Asche seiner Zigarette ab.

„Wir … wir waren heute bei einer Gerichtsverhandlung und wollten danach noch gemeinsam etwas trinken." Ein kräftiger, untersetzter Mann mit eng stehenden Augen, der sich zuvor als Rolf Kotte vorgestellt hatte und der Wortführer von den Dreien zu sein schien, antwortete. Die fehlerfreie Artikulation der Worte fiel ihm nicht ganz leicht.

Helmke war verwundert. „Was war das für eine Verhandlung?", erkundigte er sich.

„Na ja", Kotte blickte seine Kameraden an, „es ging um die Zerstörung der Synagoge in Bünde während der … während der Kristallnacht und um den Brand eines juischen …" Er verbesserte sich: „jüdischen Hauses."

„Was hatten Sie damit zu tun?"

„Nichts. Das hat der Prozess ja auch gezeigt." Kotte kicherte, schien dann aber zu merken, dass das in Anbetracht der Situation unangebracht war.

Helmke drückte seine Zigarette aus. „Darf ich daraus schließen, dass Sie bei diesem Prozess vor Gericht gestanden haben?"

Kotte schüttelte den Kopf. „Nein, Paul … Paul Kieslich war angeklagt. Aber er ist heute freigesprochen worden. Wir anderen waren bei diesem Prozess nur Zu… Zuschauer." Kottes Begleiter nickten.

Helmke verstand. „Und nach dem Prozess sind Sie dann hier eingekehrt, um den Freispruch zu begießen? Wer hatte die Idee dazu?"

„Paul. Der kannte das Lokal … von früher. Er hat uns hierher eingeladen." Wieder hatte Kotte geantwortet.

„Na gut. Wie haben Sie bemerkt, dass Herr Kieslich ermordet worden ist?"

Jetzt antwortete Stefan Barner, ein schmaler Mann, der aber keineswegs schwächlich wirkte, mit intelligenten Augen und Nickelbrille. „Na ja, er musste die … die

Toilette aufsuchen, und als er dann nach mehr als zehn Minuten nicht zurück war, ist Horst nach unten gegangen, um nachzuschauen. Er hat ihn dort gefunden." Auch Barner konnte man den Alkoholkonsum anmerken.

Helmke nickte. „Herr Kieslich war also etwa zehn Minuten lang weg? Wann war das?"

„Das muss so gegen halb Sechs gewesen sein." Kotte blickte seine Kameraden an. „Stimmt doch … oder?" Die beiden anderen Männer nickten.

Helmke notierte sich die Zeitangabe. „Hat während der Abwesenheit von Herrn Kieslich noch jemand von Ihnen die Schankstube verlassen?"

Die Männer sahen sich einen Augenblick an, dann schüttelten sie unisono die Köpfe.

Helmke wandte sich an den Einarmigen, der seinen Namen mit Horst Langemeier angegeben hatte: „Sie haben den Toten gefunden?"

Langemeier nickte. „Ja, Paul lag im Vorraum der Toilette. Ich war ganz überrascht, als ich ihn da liegen sah, bemerkte dann aber das Blut. Ich habe seinen Puls gefühlt, aber da war nichts mehr. Ich bin sofort nach oben gelaufen und die Wirtin hat bei der Polizei angerufen."

„Was war mit den übrigen Gästen? Hat von denen einer die Schankstube verlassen, als Herr Kieslich unterwegs zur Toilette war?"

Helmke blickte in ratlose Gesichter. Rolf Kotte zuckte die Achseln. Offenbar hatten sich die drei angeregt unterhalten, ohne auf die anderen Gäste zu achten.

Maximilian Bach trat an den Tisch. „Ich bin mit den beiden durch", sagte er und zeigte auf die von ihm befragten Gäste.

„Gut". Helmke wandte sich an die beiden Männer, die bereits an der Tür standen. „Sie können gehen", sagte er laut, woraufhin die beiden den Schankraum verließen.

„Sie haben also auf die anderen Gäste nicht geachtet?", nahm Helmke die Befragung der drei am Stammtisch sitzenden Männer wieder auf.

„N … nein, wir waren in ausge…, in ausge …" Kotte suchte nach einem passenden Wort, konnte es aber offenbar nicht artikulieren. „Wir waren in guter Stimmung und haben uns angeregt … unterhalten", sagte Kotte. Er schien stolz darüber zu sein, diese sprachliche Klippe umschifft zu haben. „Konnte ja auch keiner damit rechnen, dass so etwas pass… passieren würde."

„Gut, meine Herren, das war erstmal genug für heute. Wir werden in den nächsten Tagen sicherlich noch einmal miteinander sprechen müssen." Helmke erhob sich und steuerte, Bach im Gefolge, noch einmal die Theke an.

Nachdem er sich eine weitere Zigarette angezündet hatte, fragte er die Wirtin, die noch immer hinter der Theke stand: „Sind das alle Gäste, die in der letzten Stunde im Lokal waren – die vier beziehungsweise drei da drüben und die beiden, die gerade rausgegangen sind?"

Doro Wolters schüttelte den Kopf. „Nein, da waren noch zwei Männer. Die haben da vorn an dem Tisch gesessen und Bier getrunken." Sie zeigte auf einen Tisch, der neben der Eingangstür stand.

„Kannten Sie die beiden?"

„Nein, die waren noch nie hier."

„Können Sie die beiden Personen beschreiben?"

Die Wirtin überlegte einen Augenblick. Vermutlich versuchte sie, sich das Aussehen der beiden Gäste wieder in Erinnerung zu rufen. „Der eine der beiden Männer war deutlich jünger, der war eher 20 als 30 Jahre alt", sagte sie dann. „Der Jüngere war auch etwas größer als der andere Mann."

„Welche Haarfarbe hatte der junge Mann?"

„Braun."

„Irgendwelche Auffälligkeiten?"

Die Wirtin schüttelte den Kopf. „Nein, habe ich nicht bemerkt?"

„Und der andere Mann? Wie sah der aus?"

Doro Wolters spitzte die Lippen. „Den würde ich auf etwa 50 bis 60 Jahre schätzen, der hatte bereits graue Haare, sehr kurz geschnitten, eher ausrasiert." Sie lächelte. „Der muss gerade beim Friseur gewesen sein."

„Können Sie noch etwas zur Kleidung der beiden sagen?", fragte Bach.

Doro Wolters überlegte. „Sie trugen Jacketts, karierte Hemden und Stoffhosen. Sie hatten dunkle Mäntel, die hingen an der Garderobe."

„Das war's?"

„Ja."

Helmke hatte sich die wesentlichen Informationen notiert. „Haben Sie gesehen, wann die beiden gegangen sind?", fragte er.

Doro Wolters schob sich eine Haarsträhne aus dem Gesicht. „Nein, als ich bemerkt habe, dass sie nicht mehr da waren, dachte ich schon, dass sie die Zeche geprellt hätten. Sie hatten aber eine Mark auf den Tisch gelegt."

Maximilian Bach blickte die Wirtin an und fragte: „Sind die beiden Männer gegangen, bevor der Mord entdeckt worden ist?"

Die Wirtin nickte zögernd. „Ich glaube schon. Vermutlich haben sie von dem Mord nichts mitbekommen."

Helmke zuckte die Achseln. „Kann sein. Wir müssen sie aber trotzdem finden und befragen. … Kennen Sie die beiden Männer, mit denen Sie sich an der Theke unterhalten haben?"

„Ja, das sind alte Stammkunden, die kommen fast jeden Tag vorbei. Die haben mit dem Mord sicherlich nichts zu tun."

Helmke fragte: „Kann man das Haus von der Toilette aus durch eine Keller- oder Hintertür verlassen?"

Doro Wolters überlegte nur kurz. „Ja schon, aber die Tür ist immer abgesperrt."

Helmke stand auf. „Zeigen Sie uns das einmal."

Die Wirtin kam hinter der Theke hervor. Sie führte die

beiden Kriminalbeamten in den Flur und dann die Treppe hinunter. Im unteren Flur, vor den beiden Toilettentüren, deutete sie auf eine weitere Tür mit der Aufschrift „Privat": „Wenn man diese Tür benutzt, kommt man in einen Keller, durch den man über eine Außentreppe nach draußen gelangen kann. Die Tür ist aber abgeschlossen." Zur Bestätigung ihrer Aussage drückte die Wirtin auf die Klinke, die Tür ließ sich – wie angekündigt – nicht öffnen.

„Sehen Sie? Die Tür muss verschlossen sein, das wäre sonst das ideale Schlupfloch für Zechpreller."

Helmke nickte. „Gut, dann wäre das klar. Der Mörder muss das Lokal durch den Vordereingang verlassen haben."

Als sie wieder nach oben in die Gaststube zurückkehrten, sahen sie, dass die Begleiter des Ermordeten gerade aufbrechen wollten.

„Wer zahlt die Zeche?", fragte Doro Wolters.

Die drei Männer blickten sich an. Sie beratschlagten kurz, dann kamen sie darin überein, zusammenzulegen. „Paul hatte uns zwar eingeladen", sagte Kotte, „aber es wäre ja wohl pie … pietätlos, die Rechnung aus seiner Geldbörse zu be … begleichen."

Inzwischen hatten die Leute von der Spurensicherung ihre Arbeit beendet. Sie verabschiedeten sich von Helmke und Bach. Gleichzeitig wurde auch die Leiche Kieslichs abtransportiert. Zwei Mitarbeiter eines örtlichen Bestattungsunternehmens, mit dem die Polizei häufig zusammenarbeitete, wuchteten die Trage mit dem Ermordeten die schmale Kellertreppe hinauf. Die Anstrengung war ihren Gesichtern abzulesen.

„Ich werde mir den Leichnam gleich noch etwas genauer ansehen", erklärte Dr. Weidlich zum Abschied. „Spätestens morgen Mittag erhalten Sie den Bericht." Helmke tippte an seine Hutkrempe.

„Wir haben jetzt noch die Aufgabe, die Witwe über den Mord an ihrem Ehemann zu informieren", erklärte Helmke seinem Kollegen, als sie vor dem Lokal standen. „Wir müssen heute Abend noch nach Bünde fahren."

Maximilian Bach murrte nicht. Er stammte aus Schlesien, wie gelegentlich noch an seiner Sprache zu erkennen war. In den letzten Kriegswochen war er als Siebzehnjähriger mit seiner Mutter und seiner jüngeren Schwester auf der Flucht vor der Roten Armee nach Bielefeld gekommen, weil die Familie hier Verwandte hatte.

Bachs Onkel, ein Bielefelder Wäschefabrikant, der vor der Machtergreifung führendes Mitglied der Deutschen Volkspartei gewesen war und nach Kriegsende zu den Gründungsmitgliedern der örtlichen FDP gehört hatte, war seinem Neffen dabei behilflich gewesen, eine Ausbildung bei der Polizei zu beginnen. Der Onkel schien auch – so munkelte man jedenfalls auf den Gängen des Präsidiums – dafür gesorgt zu haben, dass Bach nach Abschluss seiner Ausbildung sofort zur Kriminalpolizei versetzt wurde, ohne die übliche Ochsentour zu

61

absolvieren. Seither arbeitete Bach mit Helmke zusammen und stellte sich dabei nicht schlecht an. Sein Engagement und seine Arbeitsweise ließen erkennen, dass er den passenden Beruf ergriffen hatte. Helmke hatte deshalb das Thema ‚Protektion' Bach gegenüber bislang noch nicht angeschnitten.

***

Als Helmke und Bach in Bünde ankamen und sich nach der Wohnung der Familie Kieslich durchgefragt hatten, war es bereits 20.30 Uhr. Paul und Ursula Kieslich lebten in einer kleinen Dachzimmerwohnung in der Bahnhofstraße, schräg gegenüber einer Autoreparaturwerkstatt, vor der zwei Spaziergänger im Schnee standen und rauchten.

Ursula Kieslich, die den beiden Kriminalbeamten die Tür öffnete, war eine eher unscheinbare Frau, deren Alter Helmke auf etwa 40 Jahre schätzte. Ihre Gesichtszüge waren wenig reizvoll, dazu war ihre Nase zu groß. Sie trug ihre dunkelblonden Haare auf dem Hinterkopf zu einem Knoten zusammengebunden. Ihre Augen hatten wenig Glanz und strahlten keine natürliche Freundlichkeit aus.

Die Nachricht vom Ableben ihres Mannes traf Ursula Kieslich völlig unvorbereitet. Sie hatte sich zwar gewundert, dass ihr Mann noch nicht nach Hause gekommen war, obgleich die Gerichtsverhandlung lange beendet sein musste. Da er aber mit einigen Kameraden nach Bielefeld gefahren war, hatte sie sich keine Sorgen gemacht, sondern vermutet, dass die Männer noch irgendwo eingekehrt waren.

Nachdem ihr Helmke die Nachricht von dem Tode ihres Mannes überbracht und sie die beiden Kriminalbeamten daraufhin in die kleine, akkurat aufgeräumte Küche geführt hatte, sank sie kraftlos auf einem Stuhl nieder und weinte. Helmke und Bach fühlten sich hilflos. Sie schwiegen und warteten. Nach einer Weile beruhigte sich die Frau ein wenig.

„Frau Kieslich, Ihr Mann ist keines natürlichen Todes gestorben. Er wurde ermordet." Helmkes Erklärung führte bei Ursula Kieslich zu einem erneuten Weinanfall, der aber nur kurze Zeit anhielt. Dann wischte sie sich mit dem Taschentuch die Tränen aus den Augen und schnäuzte sich leise. „Wo ist mein Mann jetzt?", fragte sie.

Helmke räusperte sich. „In Bielefeld, im Krankenhaus. Er wird dort von einem Gerichtsmediziner untersucht, damit wir den Tathergang genauer rekonstruieren können. Ich denke, morgen Nachmittag können Sie zu ihm."

Ursula Kieslich schwieg.

„Weshalb musste sich Ihr Mann vor Gericht verantworten?", fragte Bach, um das eingetretene Schweigen zu durchbrechen.

Es dauerte einige Zeit, bis Ursula Kieslich antworten

konnte. „Ihm wurde vorgeworfen, sich während der Kristallnacht an der Zerstörung der örtlichen Synagoge und des Hauses der Familie Worms beteiligt zu haben."

„Und – waren diese Anschuldigungen berechtigt?"

Ursula Kieslich hob die Schultern. „Das weiß ich nicht. Ich kannte meinen Mann im Jahre 1938 noch nicht. Er rechnete aber mit einem Freispruch. Das hat er mir heute Morgen noch zum Abschied gesagt."

Helmke nickte. „Er ist auch wohl freigesprochen worden, soweit wir erfahren haben."

Wieder herrschte eine Zeitlang Schweigen. Während Helmke für sich eine neue Frage formulierte, nahm Bach das Gespräch wieder auf: „Seit wann sind … ich meine … waren Sie verheiratet?"

Ursula Kieslich blickte Bach mit tränennassen Augen an. „Seit November 1943. Mein erster Mann ist 1942 im Osten gefallen. Ein Jahr später habe ich Paul kennengelernt und wir haben geheiratet, kurz bevor er eingezogen wurde." Sie schnäuzte sich erneut. „Paul ist der zweite Mann, den ich verliere."

Helmke schaltete sich wieder ein: „Haben Sie eine Idee, wer Ihren Mann getötet haben könnte? Hatte er Feinde?"

Ursula Kieslich schüttelte den Kopf. „Sie wissen ja vielleicht, dass mein Mann in der SS war. Nach Kriegsende hat man ihm das übelgenommen. Er war eine Zeitlang in einem britischen Internierungslager. Nach seiner Rückkehr durfte er nicht mehr an seiner Schule unterrichten, obwohl sich Direktor Dr. Wegener sehr für ihn eingesetzt hat. Das hat ihn schwer getroffen …" Nach einer kurzen Pause ergänzte sie: „Ich verfüge glücklicherweise über etwas Vermögen aus meiner ersten Ehe, so dass wir bis jetzt über die Runden gekommen sind."

Helmke sah sich in der kleinen Küche um. Ursula Kieslich bemerkte es und fühlte sich offenbar zu einer Erklärung verpflichtet: „Wir haben früher in einem eigenen Haus in der Winkelstraße gewohnt. Als die beiden Worms' nach Kriegsende aus dem Lager zurückgekehrt sind, haben ihnen die Engländer unser Haus zur Verfügung gestellt, weil ihres ja abgebrannt war. Wir hatten sogar noch Glück, dass wir diese Wohnung bekommen haben. … Mein Mann kennt noch ein paar Kameraden von früher, auf die er sich verlassen kann."

Helmke unterbrach den Redefluss der Frau: „Noch einmal, Frau Kieslich: Hatte Ihr Mann Feinde, die ihm nach dem Leben trachteten?"

Ursula Kieslich zögerte, dann sagte sie: „Konkrete Personen kann ich Ihnen nicht nennen, aber es wurde schon Stimmung gegen meinen Mann gemacht."

„Aus welcher Richtung kam das?"

„Na ja, von jüdischer Seite. Das Ehepaar Worms wollte nicht aus unserem Haus heraus. Die haben überall erzählt, dass Paul ihr Haus angezündet hat. Am vergangenen Wochenende war hier in Bünde sogar eine Veranstaltung auf dem Marktplatz, auf der gegen Paul gehetzt worden ist."

„Wer war für diese Versammlung verantwortlich?"

Ursula Kieslich hob die Schultern. „Das weiß ich nicht, ich habe nur von meiner Nachbarin davon gehört."

„Danke, Frau Kieslich. Rufen Sie mich morgen einmal an." Helmke schrieb die Telefonnummer des Polizeipräsidiums auf einen Zettel und gab ihn ihr. „Wir können Ihnen dann sagen, wann Sie Ihren Mann abholen lassen können." Nach einer kurzen Pause ergänzte er: „Vielleicht fällt Ihnen ja noch etwas ein, was zur Aufklärung des Falles beitragen könnte."

Die beiden Kriminalbeamten erhoben sich. Beim Verlassen der Wohnung konnte Helmke einen kurzen Blick durch die offene Tür in das Wohnzimmer werfen.

Als Helmke und Bach auf der Straße standen, war es stockdunkel. Helmke zog seine Zigarettenpackung aus der Manteltasche und zündete sich eine *Eckstein* an. „Hast du gesehen, wer da im Wohnzimmer als Portrait an der Wand hing?", fragte er seinen Kollegen, nachdem er tief inhaliert hatte.

„Nein."

„Wenn mich nicht alles täuscht, war das Heinrich Himmler, in Uniform mit Hakenkreuzbinde."

Bach guckte ungläubig.

„Mein Mann war bei der SS, das hat man ihm nach Kriegsende übelgenommen", äffte Helmke Ursula Kieslich nach. „Ist die Frau so naiv oder glaubt sie, wir seien

66

naiv?"

Maximilian Bach lachte leise. „Ich glaube, der erste Teil deiner Frage lässt sich mit ‚Ja‘ beantworten. ‚Mein Mann hat noch ein paar Kameraden von früher‘." Auch Bach versuchte die Sprechweise der Frau nachzuahmen, was ihm aber nicht sonderlich gut gelang. „Ja, natürlich hat er die noch", führte er seinen Gedanken weiter, indem er in seine eigene Sprechweise zurückfiel. „Ehemalige SS-Männer halten zusammen. Die unterstützen ihre Kameraden auch vor Gericht."

Während Helmke den Opel aufschloss, ahnte er, dass dieser Fall nicht so einfach zu lösen sein würde. Ihre bisherigen Erkenntnisse waren bescheiden. Morgen, wenn die Ergebnisse der Spurensicherung und der Obduktion des Ermordeten vorlagen, würden sie wissen, ob die vom Mörder hinterlassenen Spuren ausreichten, um die Ermittlung rasch vorantreiben zu können. Vor allen Dingen mussten sie die Namen der beiden Gäste, die ebenfalls im *Enzian* gesessen hatten, in Erfahrung bringen.

Auf der Rückfahrt nach Bielefeld hing er diesen Gedanken weiter nach. Maximilian Bach, ein großer Fußballfan, versuchte das Gespräch immer wieder auf die Mannschaft von Arminia Bielefeld zu lenken, die zur Zeit klarer Tabellenführer in der Landesliga Westfalen war und gute Möglichkeiten für den Aufstieg in die Oberliga besaß, aber Helmke winkte jedes Mal ab. Er war nicht sonderlich sportinteressiert.

## 5. Kapitel

**Donnerstag, 3. Februar 1949**

Mit: „Ich habe schon einen kurzen Text abgefasst. …
Er liegt da auf deinem Schreibtisch" wurde Helmke am
Morgen von seinem Assistenten begrüßt, als er an der
Garderobe stand und seinen Mantel an den Haken
hängte. Helmke setzte sich, zündete sich eine Zigarette
an und las den Text: „Zeugen gesucht. Im Zusammenhang mit dem Mord in der Gaststätte *Enzian* am Mittwoch, den 2. Februar, sucht die Kriminalpolizei nach
zwei Zeugen, die sich am späten Nachmittag des Tatta-
ges in der Gaststätte aufgehalten haben. Die Kriminalpolizei verspricht sich von den Aussagen der Zeugen Hilfe
bei der Aufklärung des Mordfalles." Darunter hatte
Bach die Telefonnummer der Kriminalpolizei abdru-
cken lassen.

„Gut, das klingt harmlos", sagte Helmke. „Das kannst
du so an die Presse weitergeben. Wenn die beiden
Kneipengäste Kieslichs Mörder sind, werden sie sich
aber trotz des unverdächtigen Textes nicht bei uns melden."

Bach leistete gute Arbeit und lernte schnell. Eigentlich
war es an der Zeit, ihm das einmal zu sagen. Helmke
nahm sich vor, das gelegentlich mal zu tun.

Bei der Lagebesprechung, die Kriminalrat Mähler tra-
ditionell jeden Morgen um 9.00 Uhr abhielt, konnten
Helmke und Bach noch nicht viel über den Mordfall

Kieslich berichten.

Helmke legte dar, dass sie ihre Ermittlungen vorrangig auf die beiden bislang unbekannten Gäste des *Enzian* zu konzentrieren gedachten: „Wenn die beiden Unbekannten, die ebenfalls im *Enzian* waren, den Mord begangen haben, so ist das entweder im Affekt geschehen, will sagen, einer oder beide Männer haben sich mit Kieslich auf der Toilette gestritten und der Mord war eine Folge dieses Streites, oder aber der Mord war von Anfang an geplant. Unseres Erachtens spricht mehr für diese zweite Möglichkeit."

Helmke machte eine Pause. Es kamen aber keine Rückfragen, weder von Mähler, noch von Kollegen, die an anderen Fällen arbeiteten. „Wenn das der Fall war", fuhr Helmke fort, „dann müssen die beiden Männer der Gruppe um Kieslich vom Gerichtsgebäude bis zum *Enzian* gefolgt sein, um auf eine passende Gelegenheit zu warten. Weiter gefolgert: Dann waren die beiden vermutlich auch bei der Gerichtsverhandlung anwesend."

Bach schloss die Berichterstattung mit den Worten: „Zur Zeit warten wir noch auf die Ergebnisse der Spurensicherung und der gerichtsmedizinischen Untersuchung. Wir hoffen, dass wir Ihnen morgen Weiteres berichten können."

Als Helmke und Bach etwas später wieder in ihr Büro zurückkehrten, griff Helmke sofort nach der Tageszeitung, der *Freien Presse*, die Bach mit ins Büro gebracht hatte. „Vielleicht wird ja über den Prozess berichtet, von dem die Männer gestern erzählt haben", sagte er und schlug die Zeitung auf. Im lokalen Teil wurde er fündig. Unter der Überschrift „Zuchthaus und Freispruch" hatte ein Journalist einen längeren Artikel, garniert mit zwei Fotos, über den gestrigen Prozess verfasst.

Helmke las den Artikel sorgfältig durch und reichte die Zeitung dann an Bach weiter. In dem Artikel wurde darüber berichtet, dass unter dem Vorsitz von Richter Huisken der Prozess gegen die verantwortlichen Zerstörer der Bünder Synagoge und die Brandstifter eines Wohn- und Geschäftshauses in Bünde während der sogenannten Reichskristallnacht abgeschlossen worden war. Der Herforder Landrat Weichert, ein NSDAP-Mitglied der ersten Stunde, war zu zwei Jahren Zuchthaus verurteilt worden, während der Bünder SS-Obersturmführer Kieslich mangels hinreichender Beweise freigesprochen werden musste, da mehrere Entlastungszeugen beeidet hatten, dass Kieslich an dem fraglichen Tag gar nicht in Bünde gewesen sei.

Die beiden abgedruckten Fotos zeigten die Richter und die Schöffen bei der Urteilsverkündung, gaben aber auch einen Eindruck von den vollbesetzten Zuschauerbänken.

„Hier", Helmke tippte auf das Foto, das die Bank mit den Zeugen und einen Ausschnitt aus dem Zuschauerbereich zeigte, „das ist doch der Kotte. Der hat aber nicht gesagt, dass er als Zeuge aufgetreten ist."

Bach nickte. Das Bild zeigte eindeutig Rolf Kotte, dem

sie im *Enzian* begegnet waren. „Vielleicht sind die beiden unbekannten Gäste des *Enzian* ebenfalls auf diesem Foto zu erkennen. Das würde uns ein großes Stück voranbringen."

Helmke griff nach seiner Zigarettenschachtel, die vor ihm auf dem Schreibtisch lag. „Möglicherweise hat der Fotograf ja noch weitere Fotos gemacht. Du solltest gleich einmal bei der Zeitung anrufen und dir den Namen und die Adresse des Fotografen geben lassen." Er zündete sich eine Zigarette an. „Ich kontaktiere den Richter, der den Prozess geleitet hat. Vielleicht gibt es ja eine Anwesenheitsliste, in der alle Prozessbesucher festgehalten worden sind."

Es klopfte an der Bürotür. Ein jüngerer Mitarbeiter des Gerichtsmediziners brachte den Obduktionsbericht. „Mit den besten Grüßen von Dr. Weidlich", sagte er und legte einen Aktendeckel mit dem Bericht auf Helmkes Schreibtisch.

„Grüßen Sie Ihren Doktor auch von uns und richten Sie ihm aus, dass wir von dem Tempo seiner Arbeit begeistert sind", gab Helmke dem jungen Mann mit auf den Weg.

Er schlug den Aktendeckel auf. Der Bericht war nicht sehr umfangreich. Die Todesursache war klar. Kieslich war durch einen Messerstich ins Herz gestorben. Das Messer hatte zunächst die vierte Rippe touchiert, war aber dann zwischen der dritten und vierten Rippe in die linke Herzkammer eingedrungen, was bei Kieslich binnen weniger Augenblicke zum Tode geführt hatte. Der Stich war von schräg oben ausgeführt worden, mit großer Sicherheit von einem Rechtshänder, wie Dr. Weidlich ausführte. Bei der Tatwaffe handelte es sich sehr wahrscheinlich um ein Messer mit einer breiten Klinge, deren Länge der Gerichtsmediziner auf etwa 18 Zentimeter schätzte. Die Männer schienen ganz schön gebechert zu haben, dachte Helmke, als er las, dass Dr. Weidlich bei dem Toten 2,8 Promille Alkohol im Blut ermittelt hatte.

„Zu schade, dass wir die Tatwaffe bislang noch nicht gefunden haben", sagte Helmke, nachdem er den Obduktionsbericht gelesen und an seinen Kollegen weitergegeben hatte.

Bach nickte. „Ich rufe jetzt wegen der Fotos bei der *Freien Presse* an", sagte er und griff zum Telefonhörer.

Nachdem Bach das Gespräch beendet hatte, grinste er. „Ich habe die Adresse des Fotografen. Kreutzer heißt er und er ist fest bei der Zeitung angestellt. Wir können ihn vermutlich gleich in der Redaktion antreffen."

„Gut, dann versuche ich mal mein Glück beim Landgericht. Vielleicht können wir beide Außentermine zusammen erledigen." Helmke suchte die Nummer des Gerichts aus dem Telefonbuch und ließ sich mit dem Büro von Landgerichtsdirektor Dr. Huisken verbinden.

„Dr. Huisken", bellte es nach wenigen Augenblicken aus dem Hörer.

„Kommissar Helmke von der Bielefelder

Kriminalpolizei am Apparat. Herr Gerichtsdirektor, im Zusammenhang mit dem Bünder Synagogenprozess, der gestern abgeschlossen worden ist, hat es kurze Zeit später einen Mordfall gegeben." Helmke hörte, dass sein Gesprächspartner einen leisen Pfiff ausstieß. „Kann ich Sie heute aufsuchen, um mit Ihnen ein paar Dinge zu besprechen?"

Dr. Huisken erwies sich als sehr kooperationswillig. „Natürlich. Heute Vormittag bin ich allerdings verplant. Am besten wäre es, wenn Sie heute Nachmittag, sagen wir …", Dr. Huisken legte eine kurze Pause ein, „… sagen wir um 15.00 Uhr vorbeikommen könnten. Da habe ich Zeit für Sie."

Helmke war damit zufrieden. Bei den Vertretern der Justiz musste man vorsichtig sein, die Herren waren häufig sehr empfindlich. „Gut, dann bis heute Nachmittag, 15.00 Uhr."

Helmke war froh darüber, dass der Richter nicht gefragt hatte, wer ermordet worden war. Das würde dem Gespräch einen spontaneren Charakter geben.

„Fahren wir also zuerst zur Redaktion der *Freien Presse* und dann weiter nach Bünde", sagte er zu Bach. „Im Zuge der Reichskristallnacht ist ja auch das Wohn- und Geschäftshaus der Familie Worms angezündet worden. Wir sollten versuchen, etwas mehr über die Geschehnisse in jener Nacht herauszubekommen. Vielleicht liegt da der Schlüssel zu dem Mord."

***

Die Redaktionsräume der *Freien Presse* befanden sich in der Arndtstraße. Helmke und Bach mussten sich durchfragen, bis sie im Büro von Emil Kreutzer standen, der sich den Raum mit zwei weiteren Kollegen teilte. Der Journalist kämpfte gerade mit seiner Schreibmaschine und blickte deshalb nicht auf, als Helmke und Bach das offenstehende Büro betraten. Offenbar waren seine Gedanken schneller als seine Finger, die sich schwer damit taten, die Gedanken in Buchstaben und Wörter umzuwandeln.

Die beiden Kriminalbeamten beobachteten eine Zeitlang den verbissenen Kampf des Journalisten, dann sprach Maximilian Bach ihn an. Kreutzer hatte die beiden Kriminalbeamten noch gar nicht bemerkt und schrak auf.

„Herr Kreutzer, mein Name ist Bach und das ist mein Kollege Helmke. Wir hatten vorhin miteinander telefoniert."

Kreutzers Augen lösten sich von dem in der Maschine eingespannten Blatt. „Ah, ja", sagte er, „Sie kommen wegen meines Artikels zum Synagogenprozess, nicht wahr?"

Bach nickte. „So ist es. Wir sind vor allem an weiteren Fotos aus dem Gerichtssaal interessiert. Einer der Angeklagten ist gestern ermordet worden, möglicherweise von jemandem, der dem Prozess als Zuschauer beigewohnt hat."

Helmke wurde noch konkreter: „Haben Sie noch mehr Fotos als jene, die Sie bereits abgedruckt haben?"

Kreutzer überlegte kurz. „Ja, vermutlich wird es noch drei oder vier weitere geben, die allerdings von minderer Qualität waren", sagte er dann. „Die beiden Fotos, die zum Artikel gehören, sind mir am besten gelungen."

Bach beugte sich zu dem Journalisten herunter: „Können wir diese Fotos haben?"

Kreutzer zuckte mit den Schultern. Für ihn schienen die Fotos keinen Wert mehr zu besitzen. „Ja, natürlich. Der Film ist ja entwickelt. Ich schneide Ihnen die entsprechenden Fotos ab."

Er ging in den Nebenraum und kam nach kurzer Zeit mit einem kurzen Negativstreifen zurück, der aus vier Fotos bestand. „Mehr waren nicht dabei. Entwickeln müssen Sie die Negative aber selbst."

Bach nickte lächelnd. „Danke, das machen wir."

Obgleich Bach seinen Arm ausstreckte, um den Negativstreifen in Empfang zu nehmen, behielt Kreutzer den Streifen in seiner Hand. „Sie könnten mir als Gegenleistung Informationen über den Mord geben. Wie Sie vielleicht wissen, wäscht eine Hand schließlich die andere", sagte er.

Bach blickte Helmke fragend an. Als der leicht nickte, informierte Bach den Journalisten über den Mord vom Vortag. Daraufhin legte Kreutzer den Negativstreifen vor Bach auf den Schreibtisch. Bach nahm den Streifen sofort an sich.

Jetzt wandte sich Helmke an den Journalisten: „Sagen Sie mal, Herr Kreutzer, waren Sie an mehreren Tagen bei dem Prozess anwesend?"

Kreutzer nickte. „Ja, es gab insgesamt vier Verhandlungstage. Ich war an allen Tagen da, nicht die volle Zeit, dann hätte ich meine übrige Arbeit nicht erledigen können, aber ich konnte mir einen ganz guten Überblick über den Prozess verschaffen."

„Und – was war Ihr Eindruck?"

Kreutzer lachte bitter. „Ich habe selten einen Prozess erlebt, bei dem so viel gelogen worden ist."

„Was wollen Sie damit sagen?"

„Na, die beiden Angeklagten, Weichert und Kieslich, haben alles versucht, um freigesprochen zu werden. Besonders Kieslich scheint dabei alle Hebel in Bewegung gesetzt zu haben. Er hat eine ganze Reihe von Zeugen aufmarschieren lassen, die zu seinen Gunsten ausgesagt haben. Unter anderem wurde ihm attestiert, dass er – ich zitiere aus dem Prozess – ‚einwandfreien Religionsunterricht' erteilt habe."

Helmke sah den Journalisten verwundert an. „Und das hat gereicht, um freigesprochen zu werden?"

Kreutzer schüttelte den Kopf. „Nein, natürlich nicht. Entscheidend war, dass mehrere Zeugen ausgesagt haben, dass Kieslich an den besagten Tagen gar nicht in Bünde war. Er sei in jener Zeit in der Reichshauptstadt Berlin gewesen. Die Belastungszeugen wurden dadurch

76

schwankend, zumal die betreffenden Ereignisse bei dem Prozess ja bereits mehr als zehn Jahre zurücklagen."

***

Auf dem Weg nach Bünde hatten Helmke und Bach noch in Bielefeld bei einem Fotogeschäft angehalten, das damit warb, Negative innerhalb von drei Stunden zu entwickeln. Bach hatte den Streifen abgegeben und dem Geschäftsinhaber die Dringlichkeit des Auftrages deutlich gemacht. Dann hatten die beiden ihre Fahrt nach Bünde fortgesetzt.

Das Haus von Paul Kieslich, das jetzt von Wilhelm Worms und seiner Frau bewohnt wurde, lag in der Winkelstraße, in unmittelbarer Nähe des Bünder Zigarrenmuseums, in dem versucht wurde, die Geschichte der heimischen Zigarrenindustrie, die die Region seit der Mitte des vergangenen Jahrhunderts maßgeblich geprägt hatte, zu dokumentieren.

Nach dem Klingeln dauerte es eine Weile, bis Wilhelm Worms die Tür öffnete. Er war, gestützt auf zwei Gehhilfen, ohne angeschnallte Beinprothese zur Tür gekommen. Zögernd blickte er Helmke und Bach an. „Sie wünschen?", fragte er.

„Wir sind Kriminalbeamte aus Bielefeld. Wir ermitteln in einer Mordsache und möchten uns gerne mit Ihnen und Ihrer Frau unterhalten", sagte Helmke, während er Worms seinen Dienstausweis zeigte.

„In einer Mordsache?", fragte Worms. Er zögerte kurz, dann besann er sich und machte eine einladende Armbewegung mit einer seiner Gehhilfen: „Kommen Sie doch bitte herein."

Worms führte die beiden Kriminalbeamten in das Wohnzimmer, wo er ihnen Plätze auf dem Sofa zuwies. Worms selber setzte sich, gestützt durch eine der beiden Gehhilfen, auf einen Sessel, der neben dem Sofa stand.

Erst jetzt bemerkte Helmke den Essensgeruch, der durch die Wohnung zog. Er blickte auf seine Armbanduhr. Es war kurz vor 12.00 Uhr. Essenzeit. „Wir wollen Ihre Zeit nicht lange in Anspruch nehmen", sagte er, „Sie werden bestimmt gleich essen wollen. Aber vielleicht kann sich Ihre Frau kurz zu uns setzen?"

Wilhelm Worms nickte und rief nach seiner Frau. Kurze Zeit später stand eine etwa 50-jährige Frau, die ein einfaches dunkles Kleid trug, in der geöffneten Wohnzimmertür. Sie hatte ihre grauen Haare zu einem Zopf geflochten, der von einem roten Band zusammengehalten wurde, ihre dunklen Augen wanderten zwischen den beiden Kriminalbeamten hin und her.

„Das ist meine Frau", sagte Worms. In der Stimme des Mannes schwangen Liebe und Stolz mit. „Sie hat dafür gesorgt, dass ich Theresienstadt überleben konnte." Er wandte sich an seine Frau: „Bleib einen Augenblick bei uns, Erna."

Die Frau nickte und setzte sich in den zweiten Sessel, der vor dem Fenster stand, das einen Blick auf das

Museum bot.

„Sie haben noch nicht davon gehört, dass Paul Kieslich gestern ermordet worden ist?", erkundigte sich Helmke.

Wilhelm und Erna Worms schüttelten die Köpfe. Man konnte ihnen ihre Überraschung ansehen.

„Kieslich ist tot?", fragte Erna Worms.

„Ja, er ist gestern am frühen Abend, nur wenige Stunden nach dem Ende des Prozesses, in Bielefeld ermordet worden."

Das Ehepaar blickte sich schweigend an. Helmke hätte viel dafür gegeben zu erfahren, was jetzt in den Köpfen der beiden vorging.

„Kieslich ist ja gestern von dem Schwurgericht freigesprochen worden. Waren Sie mit diesem Urteil einverstanden?", fragte Bach.

Erna Worms schüttelte den Kopf. „Keineswegs. Das war ein klarer Justizirrtum. Kieslich hat das Gericht nach Strich und Faden belogen."

„Erklären Sie uns das einmal."

Erna Worms atmete tief durch. Ihr fiel die Erinnerung offenbar nicht ganz leicht. „Wir waren in jener Novembernacht 1938 in dem Haus der Michelsons einquartiert. Das Haus liegt da oben am Marktplatz." Sie wies mit ihrem Arm Richtung Nordosten. „Ich habe mich des Nachts, als wir den Feuerschein von unserem brennenden Haus sahen, zu unserem Grundstück geschlichen und da habe ich Kieslich gesehen. Als SS-Führer hat er die Aktion geleitet und dafür gesorgt, dass bereits aus dem Feuer gerettete Sachen wieder zurück in die Flammen geworfen wurden. Vor Gericht hat er behauptet, er sei damals gar nicht in Bünde gewesen. Ehemalige SS-Leute aus seinem Sturm, die er als Zeugen aufgeboten hatte, haben das dann bestätigt."

Helmke nickte. Das entsprach genau den Eindrücken Kreutzers. „Ihrer Aussage ist also nicht geglaubt worden?"

Wilhelm Worms winkte ab. „Nein, wir wohnen ja in Kieslichs Haus, da wurden uns Parteilichkeit und die Verfolgung eigener Interessen unterstellt. Wir sind vor Gericht auch nicht als Nebenkläger zugelassen worden." Seine Worte klangen bitter. „Ich habe im Ersten Weltkrieg mein rechtes Bein verloren, für mein Vaterland. Wenn ich nicht kriegsbeschädigt wäre, hätten wir Deutschland längst verlassen und lebten jetzt bei unserer Tochter in den USA. Leider hat es mit der Einwanderung nicht geklappt, weil ich kriegsversehrt bin. Die Amerikaner denken, wir würden ihnen zur Last fallen. Wir müssen also hierbleiben, aber hier glaubt man uns nicht und ich habe den Eindruck, man will uns hier auch nicht. Es laufen in Bünde noch genug alte Nazis herum, die uns unverschämt angrinsen, wenn wir ihnen auf der Straße begegnen."

Helmke konnte sich vorstellen, wie Wilhelm und Erna Worms empfanden. „Ihre Tochter lebt heute in den USA?"

Erna Worms antwortete, sie lächelte dabei. „Ja, sie konnte als junges Mädchen noch im Jahre 1941 mit einem Kindertransport in die USA ausreisen. Das hat ihr das Leben gerettet."

„Dieses Haus gehört immer noch den Kieslichs?"

Wilhelm Worms nickte. „Ja, natürlich. Wir werden irgendwann ausziehen müssen. In Bünde herrscht extreme Wohnungsnot, weil die Stadt seit 1945 einer von mehreren Standorten der englischen Kontrollkommission für Deutschland ist. Die Engländer haben im Stadtgebiet eine ganze Menge Häuser für die Beschäftigten der Kontrollkommission beschlagnahmt. Viele Hausbesitzer mussten ihre Wohnungen verlassen und sind jetzt bei Verwandten oder Freunden untergebracht." Wilhelm Worms verzog sein Gesicht. „Bis heute warten noch zahlreiche Leute darauf, in ihre Häuser zurückkehren zu können. … Was mit uns geschieht, wenn wir hier heraus müssen, wissen wir nicht. Nach Kieslichs Freispruch wird das sicherlich nicht mehr lange auf sich warten lassen."

Helmke nickte verstehend. „Haben Sie eine Idee, wer Kieslich umgebracht haben könnte?"

Worms schüttelte den Kopf. „Kieslich hat in der Hitlerzeit einigen Menschen auf die Füße getreten oder hat Schlimmeres mit ihnen angestellt. Da wird es bestimmt einige Leute geben, die mit ihm noch eine Rechnung offen haben. Konkrete Personen kann ich Ihnen aber nicht nennen. Da sollten Sie sich vielleicht einmal bei den örtlichen Mitgliedern der SPD oder KPD umhören."

Helmke erhob sich, Bach ebenfalls. „Wenn Ihnen noch etwas einfallen sollte, Herr Worms, das hier ist die Nummer unserer Dienststelle. Melden Sie sich dann bitte."

Wilhelm Worms nickte und nahm den Zettel, auf den Helmke eine Telefonnummer notiert hatte. Seine Frau geleitete die beiden Kriminalbeamten zur Tür.

Als Helmke und Bach wieder im Opel Olympia saßen, beratschlagten sie kurz über ihr weiteres Vorgehen. Schließlich kamen sie überein, zurück nach Bielefeld zu fahren, wo Bach die entwickelten Fotos abholen und damit zum *Enzian* gehen sollte, um sie der Wirtin zu zeigen und sie zu fragen, ob sich die beiden bislang unbekannten Gäste auf den Fotos befanden. Helmke sollte in der gleichen Zeit den Termin bei Richter Huisken wahrnehmen.

***

„Guten Tag, Herr Kommissar. Nehmen Sie doch Platz!"

Dr. Huiskens Sekretärin, die Helmke in das verqualmte Büro ihres Chefs geführt hatte, blieb in der geöffneten Tür stehen. Dr. Huisken saß hinter seinem Schreibtisch und deutete auf einen Stuhl, der schräg vor seinem Schreibtisch stand. „Möchten Sie einen Kaffee?", fragte er.

Als Helmke nickte, hob Dr. Huisken Zeige- und

Mittelfinger seiner rechten Hand und gab der Sekretärin damit das Zeichen zwei Tassen Kaffee zu bringen.

„Herr Kommissar, wobei kann ich Ihnen helfen?" Dr. Huisken, ein fettleibiger Mann in den Fünfzigern mit fortgeschrittener Stirnglatze und einem geröteten Gesicht, machte auf Helmke einen freundlichen, fast schon jovialen Eindruck. Von der Strenge, die er vermutlich im Gerichtssaal zur Schau zu stellen pflegte, war jetzt nicht viel zu bemerken. Der Landgerichtsdirektor wirkte entspannt. Er nahm seine erloschene, halbgerauchte Zigarre aus dem vollen Aschenbecher, der vor ihm auf dem Schreibtisch stand, und zündete sie erneut an.

Helmke beugte sich leicht nach vorn. „Herr Gerichtsdirektor, Sie haben gestern den früheren SS-Obersturmführer Kieslich freigesprochen, er ist wenige Stunden später in einem Lokal hier in Bielefeld, im *Enzian*, auf der Toilette erstochen worden."

Dr. Huisken zog die linke Augenbraue hoch. „Oh", sagte er, „Sie bringen den Mord mit dem Prozess in Verbindung?"

Helmke hob die Schultern. „Das ist eine Möglichkeit, wir ermitteln in alle Richtungen. Wir stehen noch ganz am Anfang."

„Gut. Was wollen Sie von mir wissen?"

„Welchen Eindruck hatten Sie von Kieslich?"

Dr. Huisken sog an seiner Zigarre und blies den Rauch genussvoll aus. „Kieslich war ein unangenehmer, unaufrichtiger Mensch. Ich sage Ihnen das, auch wenn man über Tote nur Gutes reden soll: ‚De mortuis nihil nisi bene', wie der Lateiner sagt."

Das lateinische Zitat ließ Helmke, der in der Schule keinen Lateinunterricht genossen hatte, unbeeindruckt. „Was meinen Sie mit ‚unaufrichtig'?", fragte er.

Dr. Huisken ließ seinem Mund wieder einen Schwall Qualm entweichen. „Na ja, ich glaube, dass seine Aussagen vor dem Gericht nicht der Wahrheit entsprochen haben."

„Aber Sie haben ihn doch freigesprochen – oder?"

„Da war abzuwägen. Es gab mehrere Zeugen, die Kieslichs Aussagen durch Eid bestätigt haben. Und – entschuldigen Sie, wenn ich das sage – die Ermittlungen Ihrer Kollegen waren da nicht so hilfreich, wie sie eigentlich hätten sein sollen. Will sagen: ihnen fehlte die Hieb- und Stichfestigkeit. Kieslich hatte einen guten Anwalt."

„Konnte man während des Prozesses erkennen, dass es Menschen gab, die Kieslich hassten, so sehr hassten, dass sie seinen Tod wünschten?"

Die Tür öffnete sich und Dr. Huiskens Sekretärin kam mit einem Tablett herein, auf dem sich zwei Kaffeetassen befanden. Sie stellte die beiden Tassen auf den Schreibtisch des Richters und wandte sich an Helmke: „Hätten Sie gern Zucker oder Milch?"

Helmke lehnte dankend ab. Er zog die Packung Eckstein aus dem Jackett und blickte den Richter fragend an. Dr. Huisken nickte lächelnd: „Frönen Sie Ihrem Laster nur ungehemmt, ich tue es ja auch."

Der Richter griff nach seiner Tasse, auch Helmke nahm einen Schluck. Der Kaffee schmeckte ausgezeichnet.

„Es gab einige Zeugen, denen man anmerken konnte, dass sie über die Unwahrheiten, die Kieslich von sich gegeben hat, erbost waren", nahm Dr. Huisken den Gesprächsfaden wieder auf. „Aber ich glaube nicht, dass diese Menschen deswegen einen Mord begehen würden."

Helmke hatte seine Zigarette angezündet. „An welche Zeugen denken Sie dabei?"

Der Landgerichtsdirektor kaute jetzt auf dem Mundstück seiner Zigarre herum. „Mir ist da vor allem ein örtlicher Vertreter der VVN, ein junger Mann, dessen Vater wohl längere Zeit in einem KZ gesessen haben muss, in Erinnerung. Ich musste ihn mehrfach wegen seiner Zwischenrufe ermahnen. Dieser junge Mann, Kraiker heißt er, an seinen Vornamen kann ich mich nicht erinnern, hat seinerzeit als Jugendlicher den Brand des Wohn- und Geschäftshauses der Familie Worms miterlebt. Jedenfalls wurde aus einem seiner Zwischenrufe deutlich, dass er zwischen den Zuschauern gestanden haben muss."

„Sie sprachen eben von mehreren Personen ..."

Der Richter legte seine Zigarre in dem Aschenbecher ab. „Der Kraiker war nicht alleine beim Prozess, er hatte ein paar Gesinnungsgenossen dabei, vermutlich Kommunisten oder Sozis. Die müssen von dem Freispruch

Kieslichs sehr enttäuscht gewesen sein. … Aber wie ich vorhin schon sagte, die Beweislage war nicht eindeutig. Für eine Verurteilung Kieslichs hat es nicht gereicht."

„Es besteht die Möglichkeit, dass der Mörder bei der Gerichtsverhandlung zugegen war und Kieslich und seinen Freunden nach der Verhandlung in die Gaststätte *Enzian* gefolgt ist. Führt das Gericht Listen über die Besucher der Verhandlungen?"

Dr. Huisken schüttelte den Kopf. „Ich verstehe die Bedeutung Ihrer Frage, muss sie aber leider mit ‚Nein' beantworten. Mit einer solchen Liste kann ich Ihnen nicht dienen."

„Schade." Helmke überlegte kurz. „Können Sie mir eine Abschrift des Urteils anfertigen lassen, nur für den internen Gebrauch? Vielleicht ergeben sich daraus ja Anhaltspunkte für unsere Ermittlungen."

Dr. Huisken nickte. „Das Urteil ist noch nicht ausgefertigt. Das wird wohl noch ein paar Tage dauern. Sobald es erstellt ist, schicke ich Ihnen eine Abschrift in Ihre Dienststelle."

Helmke trank den letzten Schluck Kaffee, drückte seine Zigarette aus und erhob sich, um sich zu verabschieden: „Vielen Dank, Herr Gerichtsdirektor, dass Sie sich die Zeit für meine Fragen genommen haben. Vielleicht kommen wir mit diesen Informationen ja ein Stückchen weiter."

Es war kurz vor 16.00 Uhr, als Helmke das Büro des Landgerichtsdirektors verlies. Da Bach ihn zuvor vor dem Gerichtsgebäude abgesetzt hatte, musste er den Rückweg zum Präsidium zu Fuß zurücklegen. Er ging den Niederwall hinunter bis zum Rathaus und bog dann in die Viktoriastraße ein.

Bach wartete bereits im Büro auf ihn. Er war inzwischen im *Enzian* gewesen und hatte der Wirtin die Fotos gezeigt, leider ohne Ergebnis. Doro Wolters hatte die beiden unbekannten Gäste auf den Fotos nicht entdecken können.

Das Telefon klingelte. Helmke griff nach dem Hörer. Liane Bartels, die Sekretärin von Kriminalrat Mähler, war am anderen Ende. „Herr Helmke, ich wollte Sie nur kurz informieren. Frau Kieslich hat angerufen, als Sie unterwegs waren. Sie wollte wissen, wann der Leichnam ihres Mannes freigegeben wird. Ich habe mich erkundigt und sie darüber informiert. Die gerichtsmedizinische Untersuchung ist abgeschlossen. Der Leichnam kann morgen nach Bünde überführt werden."

\*\*\*

Nach Dienstschluss entschied Helmke, seinen bereits für den Vortag geplanten Besuch bei seinem ehemaligen Kollegen Kurt Wessler nachzuholen. Wessler war vor etwa einem Jahr in den Ruhestand getreten.

Helmke und Wessler waren sich erst in Wesslers letztem Berufsjahr, nach dem Tode von Wesslers Frau, nähergekommen. Davor hatten sie miteinander zwar einen respektvollen, kollegialen Umgang gepflegt, private Kontakte hatte es zwischen ihnen aber nicht gegeben. Das war in Wesslers letztem Arbeitsjahr anders geworden. Die beiden, Wessler als Witwer und Helmke als Junggeselle ohne jegliche Verpflichtung, hatten sich häufiger nach Feierabend in einer der in der Nähe des Polizeipräsidiums liegenden Kneipen getroffen, um gemeinsam noch etwas zu trinken.

Nach Wesslers Pensionierung besuchte Helmke seinen früheren Kollegen gelegentlich zu Hause und besprach mit ihm dabei auch aktuelle Fälle. Es war schon Tradition, dass Helmke bei seinen Besuchen eine Flasche Wacholder mitbrachte, die am Ende eines solchen Abends immer leer war.

Zu dem gut zwanzigjährigen Maximilian Bach gab es hingegen keine privaten Kontakte. Helmkes Assistent stellte sich bei der Arbeit zwar ausgesprochen gut an, die fast zwanzig Lebensjahre und die unterschiedlichen Erfahrungen, die zwischen den beiden Kriminalbeamten standen, hatten sich aber als nahezu unüberwindbar für tiefergehende private Gespräche erwiesen.

Bevor Helmke das Haus in der Paulusstraße ansteuerte, wo Wessler in einer Mietwohnung im 1. Stock lebte, erwarb er in einem nahegelegenen Laden eine Flasche Wacholderschnaps, der in der benachbarten Stadt Halle gebrannt wurde.

Kurt Wessler war zu Hause und freute sich, als er Helmke an der Eingangstür erblickte. Er führte seinen

88

Gast in das Wohnzimmer, wo er ihm – wie üblich – den Platz auf dem Sofa zuwies und ihm gleichzeitig die mitgebrachte Flasche abnahm. Auf dem Wohnzimmertisch lag ein Stapel mit Rolf Torring-Heften, nach denen Helmke griff, während Wessler zum Wohnzimmerschrank ging, um zwei Bierflaschen und Schnapsgläser zu holen. Die Abenteuer Rolf Torrings hatte Helmke in seiner Jugendzeit, wie viele seiner Freunde auch, regelrecht verschlungen. Der Romanheld Rolf Torring war in der Welt herumgekommen und hatte dabei unzählige Abenteuer erlebt.

Wesslers Wohnung war nach dem Tode seiner Frau für eine Person zu groß, dennoch hatte er, trotz der großen Wohnungsnot, die noch immer in der Stadt herrschte, in der alten Wohnung bleiben können. Für ihn war jeder Raum mit Erinnerungen an seine Frau verbunden.

Kurt Wessler schenkte ein und hob das Glas. „Wenn man nicht mehr arbeitet, wird man alt", sagte er. „Schön, dass du mich mal wieder besuchst."

Auch Helmke hielt sein Glas hoch. „Lass dir mit dem Altwerden ruhig noch etwas Zeit", sagte er lächelnd. „Ich sehe, du hast dich wieder mit Rolf Torrings Abenteuern beschäftigt, das hält dich jung."

Wessler winkte ab. „Was soll ich sonst machen? Meine Kinder besuchen mich zwar gelegentlich, aber eigentlich leben sie ihr eigenes Leben, in das ich nicht mehr so recht hineinpasse." Er füllte die Schnapsgläser erneut. „Noch ein paar Jahre und ich kann mir einen Platz in einem Altersheim suchen."

Um Wessler etwas abzulenken, erzählte Helmke von seinem neuen Fall. „Um den Kieslich scheint es nicht sehr schade zu sein, wir haben aber trotzdem die Pflicht, seinen Mörder ausfindig zu machen", erklärte er abschließend.

Wessler nickte und prostete seinem früheren Kollegen zu. Die beiden Männer tranken. „Dieser SS-Obersturmführer lebte doch vermutlich schon wieder eine geraume Zeit in Bünde, wenn er zuvor überhaupt in Gefangenschaft gewesen ist oder in einem Internierungslager gesessen hat. Da hätte es doch viel einfachere Möglichkeiten gegeben, ihn umzubringen. Der Mord in dieser Kneipe war doch für den Mörder sicherlich mit einigen Risiken verbunden – oder?"

Wessler hatte wahrscheinlich recht, dachte Helmke. Konnte man daraus folgern, dass der Mörder nicht aus Bünde kam und dass er sehr spontan gehandelt hatte? Laut sagte er: „Ja, bei dem Mord im Keller des *Enzian* musste der Täter immer damit rechnen, dass ein anderer Gast die Toilette aufsuchte. Die Tat musste schnell geschehen, zumal ein sicherer Fluchtwege nicht vorhanden war."

„Eben."

„Ja und – was folgerst du daraus?"

„Ich denke, der Mord wurde von jemandem begangen, der über den Freispruch des SS-Führers entsetzt

90

oder enttäuscht war und durch den Mord für Gerechtigkeit sorgen wollte. Über Rückzugsmöglichkeiten nach dem Mord hat der zuvor nicht lange nachgedacht."

„Möglicherweise." Helmke kramte nach seinen Zigaretten. „Du meinst also, der Mörder hat auf das Gericht gesetzt, hat gehofft, dass Kieslich zumindest für einige Zeit hinter Gittern verschwindet. Als das nicht passierte, hat er Selbstjustiz praktiziert."

Kurt Wessler schob Helmke den Aschenbecher hin und schenkte wieder ein. „Das erscheint mir logisch zu sein – oder?", fragte er.

Helmke hatte sich eine Zigarette angezündet und einen ersten Zug genommen. „Kann sein. Das bestätigt unsere Vermutung, dass der Mörder mit im *Enzian* gesessen hat."

„Ja, ihr müsst die beiden Unbekannten finden, dann habt ihr den Fall so gut wie gelöst."

Nach einer kurzen Schweigephase fragte Wessler: „Wie kommst du mit deinem neuen Partner zurecht?"

„Gut. Man merkt gelegentlich, dass es ihm an Erfahrung fehlt, manchmal ist er für meinen Geschmack etwas zu impulsiv, aber insgesamt stellt er sich gut an."

Wessler hob das Schnapsglas. „Dann trinken wir den nächsten Wacholder auf deinen Kollegen Bach."

Helmke hob ebenfalls sein Glas und nickte Wessler zu. „Prost!" Er kippte den Schnaps hinunter.

„Und was ist mit deiner Bekanntschaft? Sie heißt doch Gabi – oder?"

Helmke grinste. Schlich sich der neugierige alte Fuchs Wessler doch, indem er den Umweg über seinen neuen Kollegen Bach gewählt hatte, an ein Thema heran, das ihn offenbar brennend interessierte.

Gabi Bongert war eine Bibliothekarin, die in der Bielefelder Stadtbücherei arbeitete. Helmke hatte sie bei Ermittlungen in einem seiner Fälle kennengelernt. Seither hatte er die Bücherei mehrere Male besucht und sich stets von Gabi Bongert beraten lassen, die ein Faible für russische Literatur hatte. Im Augenblick las er „Schuld und Sühne" von Fjodor Dostojewski, einen Roman über einen begabten Studenten, der zum Doppelmörder wurde, da er sich anderen Menschen überlegen fühlte und für sich eine besondere Moral beanspruchte.

Einmal war er mit Gabi abends auch schon aus gewesen. Dabei hatte er erfahren, dass sie eine junge Kriegerwitwe war, die einen fünfjährigen Sohn hatte und zusammen mit ihrer Mutter in einer Wohnung lebte. Die Mutter kümmerte sich um das Kind, wenn Gabi arbeiten musste.

„Wir haben uns für Samstag wieder miteinander verabredet", sagte Helmke.

„Und – was hältst du von ihr?"

Helmke hob die Schultern. „Ich weiß es noch nicht. Ich mag sie, aber das Umfeld, das Kind und die Mutter, mit der sie zusammenlebt …"

Wessler schenkte wieder ein. „Es wird Zeit, dass du dein Einzelgängerdasein beendest", sagte er dabei.

„Sonst endest du so wie ich. Meist allein in deiner Wohnung, und ob dein Kollege Bach dich so regelmäßig besuchen wird wie du mich, ist fraglich. Dann sind auch für dich Rolf Torring-Hefte eine willkommene Abwechslung."

Helmke musste lachen. Langsam begann der Alkohol seine Wirkung zu entfalten. Der Wacholderschnaps, an den sich Helmke am Anfang eines solchen Abends immer erst gewöhnen musste, hatte seinen herben, etwas bitteren Geschmack verloren und schmeckte zunehmend süßlich.

„Ich – ein Ehemann und Stiefvater?", fragte er und blickte Wessler an. „Damit kann ich mich nicht so recht anfreunden. Das war für mich bislang unvorstellbar. Aber die Gabi scheint eine sehr nette und liebe Frau zu sein. Und sie sieht wirklich gut aus …"

Wessler verdrehte seine Augen. „Dann mach was draus! Ich prophezeie dir, wenn du jetzt kneifst, wirst du dir später Vorwürfe machen. Das Kind ist noch jung genug, das wird dich als Vater ansehen, es hat ja seinen leiblichen Vater gar nicht erlebt."

Helmke nickte langsam und griff wieder zum Schnapsglas. „Warten wir's ab", sagte er und hob das Glas. „Samstagabend sehe ich vielleicht schon etwas klarer."

Das weitere Gespräch drehte sich um die politische Situation in Deutschland, um die nach der Währungsreform langsam besser werdende Versorgungslage und um die Entwicklung der Preise. Wessler war der Meinung, dass infolge der Währungsreform, die im Juni vergangenen Jahres in den westlichen Besatzungszonen durchgeführt worden war und für eine Belebung der Wirtschaft, aber auch für stetig steigende Preise gesorgt hatte, Deutschland auf längere Zeit in einen West- und in einen Oststaat geteilt werden würde. „Daran lässt sich nichts ändern, auch wenn unsere Politiker, Adenauer und Schumacher voran, immer noch betonen, dass sie eine Vereinigung aller vier Zonen anstreben. Aber weshalb sollte Stalin seine Besatzungszone aufgeben? Was können wir ihm dafür bieten?"

Helmke zuckte mit den Schultern.

Wessler schenkte erneut ein. „Die Franzosen und Engländer sind doch ebenfalls nicht an einem starken Deutschland interessiert", sagte er dabei. „Glaube mir, so wird es kommen."

## 6. Kapitel

**Freitag, 4. Februar 1949**

Am Morgen nach einem Besuch bei Wessler fühlte sich Helmke immer miserabel. Er ärgerte sich dann über seine Prinzipienlosigkeit und über seine fehlende Lernfähigkeit. An einem solchen Morgen schwor er sich erneut, beim nächsten Besuch bedeutend weniger zu trinken.

Dennoch: es nützte nichts. Er quälte sich aus dem Bett und hielt seinen Kopf unter den Wasserkran. Dann befüllte er den Kochtopf mit Wasser und stellte den Tauchsieder in den Topf. Dabei überkam ihn ein starker Harndrang und er suchte die Toilette auf. Nach dem Zähneputzen und einem starken Morgenkaffee fühlte er sich besser. Er verzichtete auf das Frühstück und zog sich an.

Draußen war es immer noch sehr kalt. Die meisten Gehwege waren von den Anliegern geräumt und mit Asche aus ihren Kohleöfen bestreut worden. Neuer Schnee war nicht gefallen, der alte Schnee hatte inzwischen eine schmutzig graue Farbe angenommen.

Nach einem etwa zwanzigminütigem Fußmarsch, der seinem Kopf gut getan hatte, erreichte Helmke das Präsidium. Jetzt fühlte er sich frisch und voller Tatendrang.

Bach saß bereits hinter seinem Schreibtisch, als Helmke das Büro betrat. „Hier, der Bericht der Spurensicherung", sagte Bach, während Helmke seinen Mantel auszog.

Helmke zündete sich eine Zigarette an, griff nach dem Aktendeckel und überflog den Bericht. Die Kollegen hatten unzählige Fingerabdrücke gesichert, wie in einem Toilettenbereich nicht anders zu erwarten gewesen war. Das Tatwerkzeug, vermutlich ein Messer, war aber nicht gefunden worden, obgleich die Kollegen auch die nähere Umgebung der Kneipe abgesucht hatten.

„Damit können wir zur Zeit nicht viel anfangen", brummte Helmke und zeigte auf den Bericht. „Wenn wir allerdings den Täter haben und seine Fingerabdrücke sind unter den gesicherten Abdrücken, so ist das schon ein weiteres Indiz für seine Schuld."

Bach nickte. „Wie gehen wir weiter vor?", fragte er.

„Gib mir doch noch einmal die Fotos, die du gestern abgeholt hast."

Bach entnahm einem Umschlag, der vor ihm auf dem Schreibtisch lag, vier großformatige Fotos, von denen eines die Zeugenbank zeigte, auf der Helmke Barner und Kotte, zwei der drei Männer, die Kieslich ins *Enzian* begleitet hatten, erkannte. Ein etwas unscharfes Foto hatte Kreutzer vom Richtertisch aufgenommen, an dem Dr. Huisken, zwei weitere Richter sowie sechs Schöffen saßen. Zwei ebenfalls unscharfe Fotos dokumentierten Ausschnitte aus dem Zuhörersaal.

Helmke deutete auf die Fotos. „Frau Wolters hat die beiden bislang unbekannten Gäste ihrer Kneipe auf den Fotos nicht wiedererkannt?"

96

Bach schüttelte den Kopf. „Nein. Das muss aber noch nicht bedeuten, dass die beiden bei der Verhandlung nicht anwesend waren. Kreutzer hat ja nicht alle Besucher fotografisch erfasst."

„Richtig. Da wir nicht so viele Ermittlungsansätze haben, fahren wir nach der Lagebesprechung noch einmal nach Bünde und zeigen Kieslichs Begleitern im *Enzian* diese Fotos. Vielleicht fällt denen ja noch etwas auf. Außerdem haben die bei dem Prozess vermutlich Falschaussagen gemacht. Den beiden Zeugen würde ich gerne noch etwas auf den Zahn fühlen."

Bach hielt ein Exemplar der *Freien Presse* in die Höhe. „Hast du schon die Zeitung gelesen? Der Kreutzer hat einen längeren Artikel über den Mord an Kieslich geschrieben. Ich werde darin zitiert, vor allem aber die Wirtin des *Enzian*, die Kreutzer wohl auch erlaubt hat, Fotos vom Tatort zu machen."

Helmke griff nach der Zeitung und überflog den Artikel. Neue Informationen enthielt er nicht. Helmke legte die Zeitung beiseite. „Das hilft uns aber auch nicht weiter", knurrte er.

\*\*\*

Die Lagebesprechung verlief ruhig. Neue Fälle waren am gestrigen Tag nicht hinzugekommen. Zwei Kollegen berichteten, dass sie ihre Fälle aufgeklärt hätten und die Ermittlungsakten nun an die Staatsanwaltschaft weitergegeben werden könnten.

Helmke gab einen kurzen Bericht über den von ihm und Bach bearbeiteten Fall, wobei er einräumte, dass sich die Ermittlungen als durchaus schwierig darstellten. Er schloss mit der Feststellung: „Wir müssen an die beiden unbekannten Gäste im *Enzian* herankommen, dann haben wir gute Chancen auf eine erfolgreiche Arbeit."

Nach dem Ende der Lagebesprechung folgte Kriminalrat Mähler Bach und Helmke in ihr Büro, wo er sich sofort an Helmke wandte: „Herr Helmke, haben Sie gestern mit einem Journalisten namens Kreutzer gesprochen?" Mähler schien etwas verstimmt zu sein.

Helmke nickte. Jetzt wusste er, was Mähler von ihm wollte. „Ja, haben wir. Er hat uns für die Ermittlungsarbeit möglicherweise wichtige Fotos vom Prozess gegeben. Da war es unumgänglich ihm zumindest anzudeuten, wofür wir diese Fotos benötigten. Vermutlich hat er sich danach sofort auf den Weg zu der Kneipenwirtin gemacht, hat sie ausgequetscht und den Tatort fotografiert. … Ist an seinem Artikel etwas zu bemängeln?"

Mähler schüttelte den Kopf. „Das nicht, aber wenn wir Informationen an die Presse geben, müssen wir darauf achten, dass alle Lokalblätter gleich behandelt werden. Wenn wir die *Freie Presse* bevorzugen, wäre das den bürgerlichen Zeitungen gegenüber ungerecht. Das führt dann zu unnötigen Missverständnissen. Sie verstehen mich?"

„Natürlich."

Mähler war damit zufrieden, nickte den beiden Kriminalbeamten zu und verließ das Büro.

„Da muss aber einer heute Morgen schon einen unerfreulichen Anruf bekommen haben", sagte Helmke und grinste.

Bach nickte. „Die Kollegen von der *Westfalen-Zeitung* scheinen sich darüber beschwert zu haben, dass die *Freie Presse* einen Schritt schneller war, weil wir ihren Mitarbeiter mit exklusiven Informationen versorgt haben. Kinderkram!" Er zuckte mit den Achseln.

„Fahren wir also nach Bünde." Helmke stand auf und zog sich seinen Mantel an. Er wandte sich an Bach. „Ich melde uns bei Mählers Sekretärin ab. Sieh doch mal nach, ob der Opel verfügbar ist."

Als Helmke, der sich noch ein wenig mit Liane Bartels, der Sekretärin des Kriminalrats, unterhalten hatte, nach unten auf den Hof kam, saß Bach bereits am Steuer des Opel Olympia, der, inzwischen auch schon in die Jahre gekommen, immer noch zuverlässig seine Funktion erfüllte.

„Umfahre mal den Kesselbrink", sagte Helmke, als er in den Wagen kletterte, „der alte Bunker soll heute Morgen gesprengt werden, da ist vermutlich alles abgesperrt." Bach nickte.

Die Fahrt nach Bünde dauerte eine knappe Stunde. Die Straßen waren zwar freigeräumt, ein Überholen langsamerer Fahrzeuge war aber kaum möglich.

Glücklicherweise herrschte wenig Verkehr. Schneebedeckte Felder lagen, von der Morgensonne beschienen, rechts und links der Straße. In diesem Augenblick bedauerte Helmke es, jetzt nicht – wie in seiner Jugendzeit – draußen über die Feldwege stapfen zu können.

In Bünde angekommen, fragte Helmke bei heruntergekurbelter Seitenscheibe einen Passanten nach der Viktoriastraße, die Stefan Barner als Adresse angegeben hatte.

Bach parkte den Opel vor dem kleinen, weißen Haus mit Vorgarten. Die Eingangstür war über einen geschwungenen Fußweg und mehreren Treppenstufen zu erreichen, die aber nur teilweise vom Schnee befreit worden waren.

Auf Helmkes Klingeln öffnete eine ältere, dunkel gekleidete Frau die Tür. „Wir möchten gern Herrn Barner sprechen", sagte Helmke, wobei er der Frau seinen Ausweis zeigte.

„Mein Mann ist bereits vor drei Jahren verstorben", sagte sie mit abweisendem Blick.

„Nein, nein, es geht nicht um Ihren Mann, wir wollen Ihren Sohn sprechen, Stefan Barner", erklärte Helmke.

Frau Barner schüttelte den Kopf. „Das geht nicht. Mein Sohn ist erst vor vier Stunden von der Nachtschicht nach Hause gekommen. Er schläft jetzt."

„Wir müssen trotzdem darauf bestehen, ihn zu sprechen." Helmke trat einen Schritt näher an die Frau heran, die sich von seiner Gestalt beeindruckt zeigte und die beiden Männer nun aufforderte einzutreten. Sie führte Helmke und Bach in die Küche. Dann verschwand sie, um ihren Sohn zu holen.

Während das Haus von außen einen gepflegten Eindruck gemacht hatte, sahen die beiden Kriminalbeamten, dass in den Innenräumen über einen längeren Zeitraum nur wenig investiert worden war: alte Tapeten, abgenutzte Möbel und die Fensterrahmen, von denen die Farbe abblätterte, zeigten das deutlich auf. Das Haus hatte vor dem Krieg sichtlich einmal bessere Tage erlebt. Wenn der Sohn Schichtarbeiter war, musste sein Einkommen vermutlich überschaubar sein.

Einige Minuten später erschien Stefan Barner in der Tür. Er setzte sich zu den beiden Kriminalbeamten an den Küchentisch und blickte sie mürrisch an. Dass er gerade noch geschlafen hatte, konnte man ihm ansehen.

„Wie kann ich Ihnen helfen?", fragte Barner mit bemühter Freundlichkeit.

„Wir haben noch ein paar Fragen zum Mordfall Kieslich", sagte Helmke. Da er gesehen hatte, dass auf dem Küchentisch ein Aschenbecher stand, zog er seine Packung *Eckstein* aus der Manteltasche. „Haben Sie etwas dagegen, wenn ich rauche?"

„Nein, schon in Ordnung." Barner drehte sich um und holte aus einer der Schubladen des Küchenschrankes auch ein Päckchen Zigaretten, zündete sich eine an und inhalierte mit Genuss.

Helmke tat es ihm nach. „Haben Sie am Mittwoch

bemerkt, dass Ihnen jemand vom Gerichtsgebäude aus zum *Enzian* gefolgt ist?", fragte er.

Barner schüttelte den Kopf. „Darauf habe ich nicht geachtet, ich glaube, meine Freunde auch nicht. Wir haben uns noch über den Prozess beziehungsweise über das Urteil unterhalten, während wir …"

Bach unterbrach ihn: „Wie sah die Situation im *Enzian* aus, als Sie hereinkamen?"

Barner dachte kurz nach, dann sagte er: „Zwei Männer saßen vorn an der Theke und unterhielten sich mit der Wirtin, dann kamen wir herein und geraume Zeit später noch zwei weitere Männer."

Helmke streifte die Asche seiner Zigarette in den Aschenbecher. „Wie sahen die Neuankömmlinge aus?"

Barner zuckte mit den Schultern. „So genau habe ich mir die nicht angesehen. Die Wirtin war in dem Moment auch gerade bei uns, um eine Bestellung aufzunehmen. Wenn ich mich nicht täusche, waren es ein jüngerer und ein älterer Mann."

„Haben Sie die beiden Männer während des Prozesses im Gerichtssaal gesehen? Kamen Ihnen die beiden Männer bekannt vor?"

„Nein."

Bach legte die Fotos aus dem Gerichtssaal auf den Tisch. „Erkennen Sie die beiden Männer wieder?"

Barner betrachtete die Fotos, er schüttelte aber nach kurzer Zeit den Kopf.

Helmke blieb hartnäckig. „Versuchen Sie sich zu

erinnern: Haben die beiden Männer das *Enzian* verlassen, bevor oder nachdem Ihr Kollege Kieslich zur Toilette gegangen ist?"

„Tut mir leid, auch dazu kann ich Ihnen leider nichts sagen." Man merkte es Barner an, dass er ehrlich bedauerte, keine genauere Auskunft geben zu können.

„Das ist schade. Beschreiben Sie uns noch einmal, wie der Mord an Ihrem Freund Kieslich entdeckt wurde."

Barner hob seine Hände leicht an. „Na ja, Paul war zur Toilette gegangen und wir fragten uns, wo er denn so lange bliebe. Horst ist dann los und hat ihn gesucht. Kurze Zeit später kam Horst wieder zurück in die Gaststube und sagte, dass Paul ermordet im Toilettenraum liege."

Maximilian Bach klinkte sich wieder in das Gespräch ein: „Und Sie sind sicher, dass niemand aus Ihrer Gruppe in der fraglichen Zeit den Gastraum verlassen hat?"

„Ja, ganz sicher, wir haben uns während der gesamten Zeit unterhalten."

Helmke drückte seine Zigarette aus. Wie beiläufig sagte er: „Sie haben mir vorgestern verschwiegen, dass Sie als Zeuge vor Gericht ausgesagt haben."

Barner blickte irritiert. „Ich dachte, das sei für die Aufklärung des Mordes nicht relevant."

„Die Entscheidung, ob etwas relevant ist, müssen Sie schon uns überlassen." Helmke sah Barner scharf an. Er war entschlossen, jetzt zum Frontalangriff überzugehen.

„Haben Sie vor Gericht einen Meineid geschworen? Es stimmt doch nicht, dass Ihr Freund Kieslich an dem Brand des Hauses der Familie Worms nicht beteiligt war."

Barner wirkte einen Augenblick konsterniert, gewann die Fassung aber schnell wieder zurück. „Woher wollen Sie das wissen?", fragte er. „Das Gericht hat festgestellt, dass Paul mit dem Brand nichts zu tun hatte."

Helmke schüttelte heftig den Kopf. „Das Gericht hat so entschieden, weil Sie einen Meineid für Ihren früheren Obersturmführer geleistet haben. Das kann noch böse Folgen für Sie haben."

Barner schwieg.

„Wie war Ihr Verhältnis zu Ihrem früheren Obersturmführer?"

„Gut, sehr gut. Wir waren miteinander befreundet."

„Waren Sie auch während des Krieges zusammen in einer Einheit?"

„Nein."

Helmke verzichtete darauf zu fragen, zu welcher Einheit Barner im Krieg gehört hatte. Vermutlich war er Mitglied der Waffen-SS gewesen.

„Worin drückte sich Ihre Freundschaft aus?", fragte Bach.

„Na ja, seit etwa einem Jahr haben wir uns einmal im Monat in einem Lokal getroffen und uns über die guten alten Zeiten unterhalten."

Barner hatte das Wort „guten" besonders betont,

104

wohl um damit zu zeigen, dass er das „Dritte Reich" in positiver Erinnerung hatte. Vielleicht wollte er die beiden Kriminalbeamten, von denen er sich bedrängt fühlte, auch nur provozieren.

„Erst seit einem Jahr?", fragte Bach.

„Ja, Paul war nach dem Krieg längere Zeit in einem Internierungslager."

„Was machen Sie beruflich, Herr Barner?"

„Eigentlich bin ich Verwaltungsangestellter. Nach dem Krieg wurde ich aber aus dem öffentlichen Dienst entlassen, weil ich Mitglied der SS gewesen bin. Ich arbeite jetzt bei Imperial."

Auf Helmkes verständnislosen Blick hin erklärte er: „Das ist eine hiesige Firma, die stellt unter anderem Herde her."

„Wo arbeiten Ihre Freunde Kotte und Langemeier?"

„Rolf Kotte ist kaufmännischer Angestellter bei der Rauchtabakfabrik Heckmann & Co. in der Borriessstraße und Horst Langemeier arbeitet als Pförtner bei der Zigarrenfabrik Weinke & Stellen, die hat ihren Sitz in der Kaiser-Wilhelm-Straße."

Helmke erhob sich und fragte: „Vermutlich werden wir die beiden jetzt an ihren Arbeitsplätzen antreffen – oder?"

Barner blickte auf die Wanduhr. Es war kurz vor elf Uhr. Der frühere SS-Mann nickte. Er sah müde aus.

\*\*\*

Sie fragten einen schmalgesichtigen, bebrillten Mann, den sie im Erdgeschoss der Rauchtabakfabrik trafen, nach Rolf Kottes Büro.

„Was wolln's denn von dem Herrn Kotte?", fragte er. Die Stimme des Mannes hatte eine unüberhörbare österreichische Klangfärbung.

„Kriminalpolizei. Wir ermitteln in der Mordsache Kieslich."

„Ja, der Herr Kieslich, das war einer unserer Besten. Wird Zeit, dass Sie den Mörder finden", sagte der Brillenträger. Er zeigte nach oben. „Treppe hinauf, erste Türe rechts."

Helmke und Bach ließen den Mann stehen und stiegen die breite Treppe empor, die in die 1. Etage führte. Die von dem Mann bezeichnete Bürotür stand offen. Rolf Kotte war damit beschäftigt, Belege zu sortieren und dabei Beträge mit Hilfe einer Rechenmaschine zu addieren. Er blickte auf, als er die beiden Kriminalbeamten bemerkte.

„Herr Kotte, wir müssen Sie einen kurzen Augenblick stören", sagte Helmke, „wir haben noch ein paar Fragen an Sie."

Rolf Kotte stand auf und begrüßte sie lächelnd. „Was kann ich für Sie tun?", fragte er.

„Wir möchten mit Ihnen noch einmal über die genauen Abläufe am Mittwoch sprechen."

„Ja, bitte. Nehmen Sie doch Platz." Er zeigte auf zwei

Stühle, die neben der Bürotür standen.

Helmke und Bach setzten sich. Helmke streckte dabei seine langen Beine aus. „Schildern Sie einmal aus Ihrer Sicht den Ablauf des Tages bis zum Mord an Ihrem ehemaligen Obersturmführer."

Kotte nickte und besann sich einen kurzen Moment. „Nach dem Urteilsspruch hatte uns Paul zu einem kleinen Umtrunk eingeladen, um seinen Freispruch zu feiern. Wir sind dann vom Gericht aus zu der Gaststätte *Enzian* gegangen, die Paul von früher kannte."

„Sind Ihnen da Leute gefolgt?", unterbrach ihn Bach.

Kotte schüttelte den Kopf. „Nein, ich habe zumindest niemanden bemerkt."

„Gut, dann haben Sie also das Lokal betreten," lenkte Helmke den ehemaligen SS-Mann zurück in seine Erzählspur. „Wer war zu dem Zeitpunkt in dem Lokal?"

„Soweit ich mich erinnere, waren zwei Männer da, die saßen an der Theke und unterhielten sich mit der Wirtin. Einige Zeit nach uns kamen zwei weitere Gäste. Die haben sich an einen Tisch am Eingang gesetzt."

„Wie sahen diese Männer aus?"

„Kann ich Ihnen nicht sagen, ich habe auf die nicht geachtet. Wenn ich gewusst hätte, dass die den Paul umbringen wollten, hätte ich mir die genauer angeschaut, das können Sie mir glauben …."

Bach unterbrach den Redeschwall: „Wissen Sie denn, ob die beiden das Lokal verlassen haben, bevor Herr Kieslich die Toilette aufgesucht hat, oder ob das erst geschah, nachdem Ihr ehemaliger Obersturmführer hinausgegangen war?"

„Auch das weiß ich leider nicht. Wir hatten ja schon einige Runden intus. Da haben wir auf die anderen Gäste nicht mehr geachtet."

Bach legte Kotte die Fotos aus dem Gerichtssaal auf den Schreibtisch. „Erkennen Sie die beiden Besucher auf diesen Fotos wieder?"

Kotte studierte die Fotos sorgfältig. Schließlich schüttelte er den Kopf. „Tut mir leid", sagte er.

„Gut, erzählen Sie uns dann bitte noch, wie der Ermordete entdeckt worden ist."

„Wir haben uns gewundert, dass Paul so lange weggeblieben ist. Ich glaube, Horst hat das als erster bemerkt und er ist dann los, um nachzuschauen. Er hat ihn auf der Toilette gefunden und uns sofort benachrichtigt. Die Wirtin hat daraufhin die Polizei verständigt."

Helmke wechselte abrupt das Thema. „Sie haben vor Gericht als Zeuge ausgesagt?"

„Ja."

„Aufgrund Ihrer Aussage ist Ihr früherer Obersturmführer freigesprochen worden?"

Kotte zuckte die Schultern. „Mag sein. Es gab aber noch andere Zeugen, die ihn entlasten konnten."

„Es hat also noch weitere Meineide gegeben?"

Kotte stand auf, er beugte sich über seinen Schreibtisch nach vorn. Seine Stimme wurde lauter, er war sichtlich erregt. „Was fällt Ihnen ein, so etwas zu behaupten?

Das Gericht hat zweifelsfrei festgestellt, dass Paul unschuldig ist."

Helmke blieb ruhig, es bereitete ihm Vergnügen, Kotte noch weiter zu reizen. „Zweifelsfrei? Ja, wegen Ihres Meineides!"

Kottes Stimme überschlug sich jetzt: „Wollen Sie sich zum Erfüllungsgehilfen dieses Juden machen? Der Worms spekuliert doch nur darauf, in dem Haus von Paul wohnen bleiben zu können. Wenn Sie einen Täter suchen, schauen Sie doch mal dort nach." Er verstummte kurz, setzte dann aber etwas ruhiger nach: „Es ist besser, wenn Sie jetzt gehen, ich habe keine Lust, mich weiter von Ihnen beleidigen zu lassen."

Helmke nickte. Betont freundlich sagte er: „Das wollten wir ohnehin. Wir sind mit unseren Fragen durch. Sie sollten sich aber fragen, ob der Mörder schon genug hat. Vielleicht hat er ja auch etwas gegen Leute, die ihren Obersturmführer durch einen Meineid vor dem Zuchthaus bewahrt haben."

Kottes Gesicht spiegelte jetzt seine Überraschung. Diesen Gedanken schien er noch nicht gehabt zu haben.

Helmke und Bach standen auf und gingen zur Tür. Helmke tippte zum Abschied an seine Hutkrempe. „Wir werden uns bestimmt noch einmal wiedersehen!"

\*\*\*

Horst Langemeier arbeitete als Pförtner bei der

Zigarrenfabrik Weinke & Stellen, die ihren Sitz in der Kaiser-Wilhelm-Straße hatte.

Aus den Fenstern des Fabrikgebäudes drang ein angenehmer Tabakgeruch, der die Luft in der näheren Umgebung würzte. Helmke mochte das Aroma des Tabaks und sog den milden Duft der Tabakblätter durch die Nase. Langemeier saß in einer Loge im Eingangsbereich des großen Gebäudes, wo er die ankommenden Fahrzeuge einzuweisen und den Besuchern der Fabrik weiterzuhelfen hatte.

Die Pförtnerloge war geräumig genug, um sich darin zu dritt zu unterhalten. Langemeier begrüßte die beiden Kriminalbeamten und zeigte auf zwei einfache Holzstühle. „Mehr kann ich Ihnen leider nicht anbieten."

Er selbst setzte sich mit halbem Gewicht auf den schmalen Tisch, der sich vor der großen Fensterscheibe befand, die den Blick auf den Innenhof ermöglichte. Auf dem Tisch lagen einige Zettel, daneben stand ein Aschenbecher mit einer angerauchten Zigarre.

„Sie sehen, ich muss arbeiten", sagte Langemeier. „Ich hoffe, es dauert nicht allzu lange."

„Wir beeilen uns." Helmke ließ seinen Blick durch die kärglich eingerichtete Loge wandern. Den letzten Anstrich hatten die Wände vermutlich lange vor Kriegsbeginn erfahren. Lediglich an einer Wand hingen zwei Fotos, die dem Raum in Ansätzen eine persönliche Note gaben. Das eine Foto zeigte den jungen Langemeier im Sporttrikot beim Speerwurf, das andere bei der

Siegerehrung. Langemeier strahlte. Er hielt den errungenen Lorbeerkranz mit beiden Armen hoch. Im Hintergrund waren Hakenkreuzfahnen zu sehen. Die Fotos mussten noch vor dem Krieg entstanden sein.

Helmke deutete auf die Fotos. „Sie haben den Wettkampf gewonnen?", fragte er.

„Nicht nur den. Ich war auf dem Sprung in die deutsche Spitze, aber dann kam der Krieg dazwischen." Langemeiers Stimme hatte jetzt einen bitteren Klang.

Nach dem höflichen Vorgeplänkel kam Helmke zum eigentlichen Grund ihres Besuches. „Herr Langemeier, mein Kollege und ich gehen noch einmal den Verlauf des Mittwochs durch. Wir haben bereits mit Stefan Barner und Rolf Kotte gesprochen. Schildern Sie uns doch bitte den Verlauf des Tages aus Ihrer Sicht, nachdem Ihre Gruppe den Gerichtssaal verlassen hatte."

Langemeier überlegte kurz, wo er beginnen sollte. „Nun ja, wir sind vom Gericht aus zum *Enzian* gegangen", sagte er dann.

„Sie kannten das Lokal?"

„Ja, ich war mal dort, kurz bevor ich zur Wehrmacht eingezogen wurde." Langemeier grinste. „Die Wirtin hatte damals einen legendären Ruf."

Helmke nickte. Davon hatte er auch schon gehört. Doro Wolters war in Bielefeld ein Begriff gewesen. „Gut. Haben Sie auf dem Weg zum *Enzian* bemerkt, dass Sie verfolgt worden sind?"

„Ich bin mir nicht ganz sicher. Es kann sein, dass ich

111

die beiden Männer, die etwas später in das Lokal kamen, schon im Gerichtssaal gesehen habe."

Bach zog die Fotos aus seinem Mantel. „Erkennen Sie die beiden Männer auf einem dieser Fotos wieder?"

Langemeier ging sorgfältig Foto für Foto durch. Schließlich sagte er: „Nein, auf diesen Fotos sind sie nicht."

„Erzählen Sie weiter!", forderte Helmke ihn auf.

„Wir sind dann in die Kneipe rein und Paul Kieslich hat eine erste Runde ausgegeben. Einige Zeit später kamen die beiden Männer in das Lokal. Sie haben sich an den Tisch vorne neben der Eingangstür gesetzt."

„Können Sie diese beiden Männer beschreiben?"

Langemeier besann sich einen Augenblick und schloss dabei die Augen: „Hm. Sie waren unterschiedlich alt, ein jüngerer und ein etwas älterer Mann, dunkle Haare, normale Gesichter."

Als er bemerkte, dass Helmke ihn fragend anblickte, erklärte er: „Ich will damit sagen, dass sie, soweit ich erkennen konnte, keine besonderen Merkmale hatten. Sie trugen keine Bärte. Sie waren vermutlich etwas kleiner als ich."

„Wie waren die Männer gekleidet?"

„Oh, ja, das waren keine einfachen Arbeiter, die aus einer Fabrik kamen, die hatten bessere Kleidung an. Sie trugen Jacketts. Ihre Mäntel hatten sie an die Garderobe gehängt. Die Mäntel, glaube ich, waren dunkel, könnten umgearbeitete alte Wehrmachtsmäntel gewesen sein."

„Das ist doch schon etwas." Bach nickte seinem Kollegen zu.

„Fällt Ihnen noch etwas zu den beiden Männern ein?", fragte Helmke.

Langemeier schüttelte den Kopf.

„Wie ging's dann weiter?"

„Paul war in ausgesprochen guter Stimmung. Er gab noch weitere Runden aus. Irgendwann musste er die Toilette aufsuchen. Es dauerte eine Weile und er kam nicht zurück."

„Was war mit den beiden Männern vorne an der Eingangstür?"

„Die waren plötzlich verschwunden."

„Vorher oder nachdem Ihr ehemaliger Obersturmführer den Gastraum verlassen hatte?"

Langemeier dachte kurz nach. „Unmittelbar nachdem Paul zur Toilette gegangen war", sagte er dann.

„Sind Sie sich da sicher?"

Langemeier nickte. „Ja …, also ganz sicher bin ich mir nicht."

„Und dann?"

„Nach einiger Zeit bin ich los, um Paul zu suchen. Ich fand ihn unten auf der Männertoilette. Er lag da in seinem Blut und rührte sich nicht mehr. Ich habe sofort gemerkt, dass er tot war, hab' ja einige Tote im Krieg gesehen. Ich bin dann wieder hoch und habe meine Kameraden und die Wirtin informiert. Die hat dann die Polizei gerufen."

Helmke nickte. „Danke." Eine Frage hatte er noch: „Haben Sie auch vor Gericht als Zeuge ausgesagt?"

„Nein, ich war lediglich Zuhörer. Rolf und Stefan hatten mich gefragt, ob ich zur Urteilsverkündung mitkommen wollte. Ich war auch nur an diesem einen Tag in Bielefeld, ich musste ja arbeiten. An dem betreffenden Mittwoch konnte ich mit einem Kollegen tauschen."

Ein Lastwagen fuhr in den Innenhof der Fabrik. „Ich muss mal kurz raus", sagte Langemeier. „Bin gleich wieder da."

Helmke und Bach sahen, dass Langemeier auf den Wagen zulief und dem Fahrer offenbar Anweisungen gab, wohin er zu fahren hatte. Wenig später stand Langemeier wieder in der Loge. Er blickte die beiden Kriminalbeamten fragend an.

Helmke lächelte. „Herr Langemeier, vielen Dank, wir sind mit unseren Fragen soweit durch ..."

„Eine Frage habe ich doch noch", unterbrach Bach seinen Kollegen. „Wo kann man hier gut und günstig zu Mittag essen?"

Langemeier grinste. „Da gehen Sie mal zum *Hotel Schierholz*, das ist hier um die Ecke, in der Eschstraße. Die haben einen guten Mittagstisch." Er deutete mit seinem Arm in die Richtung, in die die beiden gehen sollten.

\*\*\*

Das *Hotel Schierholz* schien ein gut geführtes Haus zu

sein. Die beiden Kriminalbeamten wurden von einem Kellner in dunkler Kleidung mit Fliege begrüßt. Die Speisekarte bot verschiedene bürgerliche Gerichte zu annehmbaren Preisen. Helmke bestellte Königsberger Klopse, Bach entschied sich für ein Schweineschnitzel mit Bratkartoffeln und Gurke. Dazu tranken beide ein Bier, das Helmke wider Erwarten bereits schon wieder mundete.

Es dauerte nicht lange und der Kellner brachte die Speisen. „Viel hat uns die erneute Befragung der drei ehemaligen SS-Leute ja nicht gebracht – oder? Außer Spesen nichts gewesen!" Bach machte einen unzufriedenen Eindruck.

„Na ja", Helmke hob sein Glas und prostete seinem Kollegen zu. „Wir haben etwas mehr über die drei Leute erfahren."

„Die haben sich entweder abgesprochen oder der Ablauf am Mittwoch war genau so, wie sie ihn dargestellt haben."

„Ich fand die Aussagen der drei dennoch interessant." Helmke übersah den fragenden Blick seines Kollegen und widmete sich seinem Essen.

Auch Bach schob sich ein Stück von seinem Schnitzel in den Mund und kaute. „Ich bin gespannt, ob sich jemand auf unseren Presseaufruf meldet", sagte er nach einer Weile.

„Wenn die beiden uns bislang noch unbekannten Männer wirklich den Mord begangen haben, werden wir auf diesem Wege nicht an sie herankommen." Helmke sah seinen Kollegen provozierend an. „Wir sollten lieber fragen: ‚Wer profitiert von dem Tod Kieslichs?'"

Bach verzog sein Gesicht. „Dann kommen wir aber ganz schnell auf das Ehepaar Worms. Vielleicht hoffen die beiden, in dem Haus Kieslichs wohnen bleiben zu können. Kotte hat ja so etwas unterstellt. Aber … bei den beiden Unbekannten handelt es sich um zwei Männer, nicht um ein Ehepaar. Und keiner der beiden Männer hatte ein Holzbein. Das wäre den Zeugen aufgefallen."

Helmke nahm noch einen Schluck aus seinem Bierglas. „Vielleicht gibt es hier in Bünde ja noch weitere Leute, die von dem Tod Kieslichs profitieren oder mit ihm noch eine Rechnung offen hatten. Das Ehepaar Worms hat das ja angedeutet."

„Möglich."

„Da sollten wir ansetzen. Ich weiß nur noch nicht, wie." Helmke überlegte kurz und sprach dann weiter. „Vielleicht sollten wir nach dem Essen noch einmal bei der Familie Worms vorbeischauen", sagte er. Er leerte sein Glas und steckte sich eine Zigarette an.

Bach blickte aus dem Fenster und sah den Autos nach, die die schmale Eschstraße herunterfuhren. „Was meintest du vorhin damit, als du sagtest, die Befragung der drei SS-Männer sei durchaus interessant gewesen?"

Helmke grinste. „Na ja, Langemeier scheint als Einziger bemerkt zu haben, dass man seiner Gruppe zum

*Enzian* gefolgt ist."

„Muss man daraus irgendwelche Schlüsse ziehen?"

„Nein."

Bach schüttelte irritiert den Kopf. Helmke bemerkte es, hob die Hand und winkte dem Kellner.

\*\*\*

Zu Kieslichs Haus in der Winkelstraße war es nicht weit. Erna Worms öffnete nach dem Klingeln die Tür und ließ die beiden Kriminalbeamten eintreten.

„Mein Mann hat sich nach dem Essen etwas hingelegt, er ist aber wach", sagte sie und führte Helmke und Bach in das Wohnzimmer, wo Wilhelm Worms auf dem Sofa lag und Zeitung las.

„Guten Tag Herr Worms, hoffentlich stören wir nicht?"

Wilhelm Worms schüttelte den Kopf. „Kommen Sie, setzen Sie sich. Erlauben Sie, dass ich liegenbleibe?"

„Ja natürlich. Sie sind hier zu Hause."

Worms richtete sich auf. „Trinken Sie einen Kaffee mit uns?"

„Gern."

Erna Worms, die in der geöffneten Wohnzimmertür stehen geblieben war und zugehört hatte, drehte sich um und ging in die Küche.

„Was führt Sie zu uns?", fragte Wilhelm Worms.

„Bei unserem letzten Besuch sprachen Sie davon, dass

es in Bünde Menschen gibt, die Rachegedanken gegen Kieslich hegen könnten."

Worms nickte. „Kieslich hat dafür gesorgt, dass mehrere Menschen von der Gestapo verhaftet worden sind. Offenbar wollte er in der SS richtig Karriere machen. Er hat es aber nur bis zum Obersturmführer geschafft."

Aus der Küche hörte man die Mahlgeräusche der Kaffeemühle. „Wer kann uns da genauere Informationen geben?", fragte Bach.

„Besuchen Sie mal den Herrn Schmittmann, der war vor der Machtübernahme der Nazis Lagerverwalter bei der Konsumgenossenschaft und Vorsitzender des hiesigen Gewerkschaftskartells, der weiß sicherlich genau, wie die Nazis und insbesondere Kieslich mit seinen Parteigenossen von der SPD umgesprungen sind."

Helmke notierte sich den Namen und die Adresse Schmittmanns. „Sie und Ihre Frau gehören ja auch zu dem Personenkreis, der von dem Tode Kieslichs profitieren könnte …", sagte er dann.

Worms, der gemerkt hatte, dass Helmke diese Feststellung nicht ganz ernst gemeint hatte, lachte bitter: „Uns ist nach unserer Rückkehr aus Theresienstadt von der Besatzungsmacht das Haus von Kieslich zugewiesen worden, weil klar war, dass er Schuld an dem Brand unseres Hauses hatte. Da Kieslich freigesprochen worden ist, werden wir jetzt wohl aus seinem Haus herausmüssen. Seine Frau wird das sicherlich bald einfordern. Kieslichs Tod bringt uns also keinen Vorteil."

In diesem Augenblick kam Erna Worms mit einem Tablett, auf dem sich vier Kaffeetassen und eine Zuckerdose befanden, in das Wohnzimmer. „Das Urteil lässt uns an der Rechtsprechung zweifeln", sagte sie. „Da sitzen offenbar Leute am Richtertisch, die da auch im ‚Dritten Reich' schon gesessen haben."

Helmke schüttelte den Kopf. „Was den Richter Huisken angeht, so stimmt das wohl nicht. Ich habe mit ihm gesprochen. Er war selber mit dem Urteil, das er sprechen musste, nicht zufrieden."

Erna Worms stellte die Tassen auf den Tisch. „Wir hoffen noch auf die Staatsanwaltschaft. Sie kann gegen das Urteil Einspruch einlegen."

Helmke schüttelte den Kopf. „Jetzt noch, nachdem Kieslich tot ist? Das glaube ich nicht."

Dieser Gedanke schien Wilhelm und Erna Worms noch nicht gekommen zu sein. Sie schwiegen.

„Wie kommen Sie zurecht?", fragte Bach, um das Schweigen zu durchbrechen.

Erna Worms zuckte die Achseln. „Eher schlecht als recht. Theresienstadt vergisst man nicht so leicht. Wir haben wenig Kontakt zu anderen Leuten, haben nur ein paar Freunde von früher. Alte Nazis laufen hier noch genug herum. Frühere Nachbarn und Bekannte genieren sich mit uns zu reden, weil sie ein schlechtes Gewissen haben. Niemand hat gegen die Verfolgung unserer Leute Einspruch erhoben, die christlichen Kirchen nicht und auch nicht die anderen Parteien."

Helmke griff nach seiner Kaffeetasse und nahm einen Schluck. „Das war irgendwann zu gefährlich und hätte vermutlich nicht viel geändert", sagte er. „Da saß das Regime schon fest im Sattel, da war es zu spät. Die Fehler sind Anfang der 1930er Jahre gemacht worden, da hat die Hitler-Partei in freien Wahlen die meisten Stimmen erhalten."

Worms schien ihm widersprechen zu wollen, jedenfalls zeigte das seine Mimik. Auf einen Blick seiner Frau hin verzichtete er aber auf eine Entgegnung.

Nachdem sie den Kaffee getrunken hatten, verabschiedeten sich die beiden Kriminalbeamten von dem Ehepaar. Bei einsetzendem Schneefall gingen sie wieder zurück zu der Zigarrenfabrik Weinke & Stellen, wo sie den Opel geparkt hatten.

***

Heinrich Schmittmann wohnte an der Wasserbreite. Die Straße hatte ihren Namen erhalten, weil die Else, das kleine Flüsschen, das die Stadt Bünde durchquerte, diesen Bereich der Stadt in früheren Zeiten häufig überschwemmt hatte. Erst nach der Eindeichung des Flüsschens hatte die Wasserbreite bebaut werden können.

Schmittmann war zu Hause. Man konnte ihm ansehen, dass er sich wunderte, als plötzlich zwei ihm unbekannte Männer im Schneetreiben vor seiner Haustür standen.

Nachdem ihm Helmke seinen Dienstausweis gezeigt und um ein kurzes Gespräch gebeten hatte, nickte Schmittmann und nahm seine Besucher mit in das warme Wohnzimmer.

„Setzen Sie sich", sagte er, „wobei kann ich Ihnen helfen?"

Helmke vermutete, dass Schmittmann nicht mehr im Berufsleben stand. Er war von hagerer Statur, hatte noch seine volle Haarpracht, wenngleich ergraut. Sein Gesicht war schmal, seine Augen blickten freundlich. Sein Händedruck bei der Begrüßung war kräftig gewesen; es war der Händedruck eines Mannes, der sein Leben lang körperlich gearbeitet hatte.

„Wir möchten uns gerne mit Ihnen über Paul Kieslich unterhalten. Sie haben sicherlich davon gehört, dass er vor zwei Tagen in Bielefeld ermordet worden ist."

„Ja, das habe ich", sagte Schmittmann knapp. „Um den ist es aber nicht schade. Ich frage mich allerdings, wie ich Ihnen bei der Aufklärung des Mordes helfen kann, denn darum geht es Ihnen doch wohl – oder?"

„Ja, da haben Sie recht." Da Helmke auf dem Tisch neben dem gut gefüllten Aschenbecher ein Päckchen *Juno* liegen sah, holte er seine Packung *Eckstein* aus der Manteltasche. Schmittmann griff nach seinen Zigaretten, zündete sich eine an und gab auch Helmke Feuer.

Helmke blickte seinen Gastgeber an. „Herr Schmittmann, wir schauen uns das Umfeld des Ermordeten an, der sich in Bünde ja auch einige Feinde gemacht haben soll."

„Ja, und?"

Helmke spürte den Widerstand, der ihm jetzt von Schmittmann entgegengebracht wurde. „Kieslich soll auch dafür gesorgt haben, dass einige Leute aus der Arbeiterbewegung verhaftet worden sind …"

„Und diese Personen werden jetzt von Ihnen des Mordes an Kieslich verdächtigt? Sie erwarten von mir, dass ich meine Genossen denunziere? Das mache ich nicht, dazu gebe ich mich nicht her." Schmittmann schüttelte heftig den Kopf.

„Herr Schmittmann, es geht um Mord", schaltete sich Bach ein, „es geht um Ihre Mithilfe bei der Aufklärung eines Mordes. Wenn Sie also Kenntnisse haben, die uns bei der Aufklärung des Mordes dienlich sein können, sind Sie verpflichtet, uns diese …"

Schmittmann schnitt ihm das Wort ab: „Ich habe keine Kenntnisse und meine Genossen sind auch keine Mörder. Da sind Sie auf dem Holzweg." Schmittmann sagte das in einem Ton, der Helmke verriet, dass jede weitere Bitte um Informationen zwecklos sein würde. Er drückte seine erst zur Hälfte gerauchte Zigarette aus und erhob sich. Bach guckte irritiert, tat es ihm dann aber nach.

Helmke bemühte sich, das Gespräch nicht eskalieren zu lassen: „Herr Schmittmann, vielen Dank für die Unterredung. Wir finden alleine heraus."

Bach zog die Haustür absichtlich etwas heftiger als

nötig zu. Draußen auf der Straße machte er seiner Enttäuschung über das soeben geführte Gespräch Luft: „So ein Arschloch."

Es schneite immer noch. „Ich kann ihn verstehen", sagte Helmke nach einer Weile. „Im ‚Dritten Reich' war Kieslich sein politischer Gegner, sein Feind. Schmittmann findet, Kieslich hat die Strafe verdient, weshalb sollte er da möglicherweise jemanden denunzieren, der in seinen Augen richtig gehandelt hat?"

Bach schüttelte den Kopf. „Das ist doch falsch verstandene Solidarität. Ein Mörder muss seine Strafe bekommen, sonst können wir unseren Beruf aufgeben. Wenn wir … oder schlimmer noch … wenn ein Herr Schmittmann entscheiden kann, wer bestraft werden soll und wer nicht, wird das gesamte Fundament unseres Rechtsstaates brüchig. Dann unterscheiden wir uns nicht mehr groß vom ‚Dritten Reich', in dem ein Herr Göring sagen konnte: ‚Wer Jude ist, bestimme ich!'"

Helmke nickte. „Ja, natürlich. Aber überleg' mal: Wie steht Schmittmann vor seinen Leuten da, wenn er uns Namen von Genossen nennt, die er für mögliche Mörder hält und wir diese Leute aufsuchen und befragen? Und wenn sich dann herausstellt, dass diese Leute unschuldig sind? Da kann er gleich aus der Partei austreten."

„Hm, wahrscheinlich hast du recht." Bach verzog sein Gesicht. „Und jetzt?", fragte er.

Während die beiden mit klammen Fingern die Windschutzscheibe ihres Autos vom frisch gefallenen Schnee befreiten, verkündete Helmke: „Ich habe eine Idee, wo wir uns die nötigen Informationen beschaffen können."

***

Die Bünder Polizeiwache war mit zwei Beamten besetzt, die etwas unfreundlich aufblickten, als Helmke und Bach in der Tür standen. Helmke zeigte seinen Ausweis. Der ältere der beiden Uniformierten, ein Glatzkopf mit rotem Gesicht und ansehnlichem Bauch, beugte sich über den Tresen nach vorn. „Wie können wir helfen?", fragte er jetzt dienstbeflissen.

Helmke lächelte knapp. „Waren Sie schon während des Krieges und in der Zeit davor in Bünde tätig?"

„Sicher, ich bin seit 1928 im Polizeidienst, immer hier in Bünde." Der Beamte guckte etwas irritiert. „Warum wollen Sie das wissen?"

„Wir benötigen einige Informationen über Paul Kieslich. Sie haben davon gehört, dass er vorgestern in Bielefeld ermordet worden ist?" Helmke blickte den Mann fragend an.

Der Beamte nickte.

„Wir überprüfen gerade, ob es in Bünde Leute gibt, mit denen Kieslich in früheren Jahren aneinandergeraten ist. Können Sie uns da aufklären?"

Der Beamte zögerte. Er schien nachzudenken. „Das liegt jetzt aber schon ein paar Jahre zurück", sagte er langsam. „Kieslich scheint damals dafür gesorgt zu haben, dass ein junger Mann ins Konzentrationslager gekommen ist, weil er …", der Beamte überlegte kurz, „das muss 1936 oder 1937 gewesen sein, ... weil er auf einen Hakenkreuzwimpel getreten hat. Kieslich hat ihm vorgeworfen, damit die nationale Bewegung lächerlich gemacht zu haben. Als der junge Mann wieder aus dem KZ zurückkam, war er gebrochen, der ist bis heute noch nicht wiederhergestellt."

„Wie heißt der Mann?"

„Bloss, Karl Bloss. Er wohnt in der Haßkampstraße."

„Gab es noch weitere solcher Fälle, an denen Kieslich beteiligt war?"

Der Beamte schüttelte den Kopf. „Mehr fällt mir so spontan nicht ein."

„Na ja", schaltete sich der Kollege des Rotgesichtigen ein und blickte den Dicken an, „Kieslich hat zu Anfang des Krieges zwei Männer wegen des Abhörens ausländischer Sender angezeigt. Die Gestapo hat sie verhaftet. Die beiden sind für mehrere Jahre ins Zuchthaus gewandert."

„Haben Sie die Namen dieser Männer?"

Der Beamte schüttelte den Kopf. „Nein, aber die kann ich herausfinden."

Helmke nickte. „Gut, wir kommen morgen oder am Montag wieder vorbei." Er tippte an die Krempe seines Hutes, den er während des Gesprächs aufbehalten hatte. Dann wandte er sich, gefolgt von Bach, zur Tür. Plötzlich blieb er stehen. „Eine Frage habe ich noch. … Frau

Kieslich erzählte uns, dass es hier am vergangenen Wochenende auf dem Marktplatz eine Versammlung oder Kundgebung gegeben habe, während der – so sagte sie wörtlich – gegen ihren Mann ‚gehetzt' worden sei. Was hatte es damit auf sich?"

Der dicke Beamte nickte bedächtig. „Ja, das stimmt. Es gab am Samstag eine solche Versammlung. Ich schätze, daran haben etwa 1.000 Leute teilgenommen, die kamen aber nicht alle aus Bünde. Veranstalter war die VVN."

„VVN? … Was bedeutet das?", fragte Bach.

Der Kollege des Dicken mischte sich ein. „VVN steht für die ‚Vereinigung der Verfolgten des Nazi-Regimes'. Das ist so eine linke Organisation, die sich dafür einsetzt, dass die Opfer des Nationalsozialismus entschädigt werden. Hinter der VVN stehen wohl die KPD und die SPD."

Helmke runzelte die Stirn. „Was war Ziel dieser Veranstaltung in Bünde?"

Der jüngere Beamte fühlte sich weiter angesprochen. „Ich war dienstlich auf dem Marktplatz und habe die Versammlung beobachtet. Es war einerseits eine Werbeveranstaltung für die VVN, um weitere Mitglieder zu gewinnen. Es ging aber auch um den in Bielefeld laufenden Prozess gegen Paul Kieslich. Einer der Redner forderte vehement Kieslichs Bestrafung. Insgesamt verlief die Versammlung aber sehr friedlich, so dass es keinen Grund zum Einschreiten gab."

***

Auf der Rückfahrt nach Bielefeld hörte der Schneefall auf. Die Straßen waren dennoch schlecht zu befahren, so dass Helmke und Bach für den Rückweg fast anderthalb Stunden benötigten.

„Ich habe noch einmal über das Ehepaar Worms nachgedacht." Bach blickte konzentriert über das Steuerrad auf die schlecht geräumte Straße. Langsam wurde es dunkel. „Das Ehepaar wird so oder so aus dem Kieslich-Haus ausziehen müssen. Ein Mordmotiv, das darauf gründen könnte, im Haus wohnen bleiben zu können, ist damit hinfällig, das war Wilhelm Worms auch klar. Was aber ist, wenn das Mordmotiv einfach bloß Rache ist?"

„Vermutlich hat Worms den Kieslich gehasst, aber die Tat ausführen? So wie er aussieht, mit dem Holzbein? Worms ist, wie wir festgestellt haben, nicht im *Enzian* gewesen."

Bach knurrte irgendetwas Unverständliches, offenkundig war er mit der Antwort nicht zufrieden. „Es könnte ja auch sein, dass Worms jemanden beauftragt hat, die Tat auszuführen."

„Das ist allerdings möglich."

Dann hätte sich Worms, bislang ein bloßes Opfer der nationalsozialistischen Judenverfolgung, also gewehrt? Helmke hielt das nicht für sehr wahrscheinlich, ganz ausschließen durften sie diese Möglichkeit aber auch nicht.

Bach unterbrach seine Gedanken. „Glaubst du tatsächlich, dass auch die drei Begleiter des Ermordeten gefährdet sind, dass der Mörder auch sie für ihre Meineide bestrafen will?"

Helmke hob die Schultern. „Keine Ahnung. Für einen Polizeischutz reichen solche Befürchtungen aber nicht."

Sie näherten sich der Bielefelder Innenstadt. Wenig später fuhren sie auf den Parkplatz des Polizeipräsidiums, der gerade vom Hausmeister vom Schnee geräumt wurde.

„Für heute machen wir Schluss", sagte Helmke, als sie vor dem Eingang des Präsidiums standen.

Bach nickte und schloss den Wagen ab.

## 7. Kapitel

### Samstag, 5. Februar 1949

Samstags fanden keine Lagebesprechungen statt. Helmke war kurz vor acht Uhr im Büro erschienen und hatte nur einen raschen Blick in die Zeitung vom Vortag werfen können, als sein Telefon klingelte. Knurrend griff er zum Hörer: „Ja, Helmke."

Liane Bartels, die Sekretärin von Kriminalrat Mähler, war am anderen Ende der Leitung. „Ah, Herr Helmke" sagte sie freundlich, „ein Gespräch für Sie. Warten Sie, ich leite weiter."

Nach dem obligatorischen Knacken hörte Helmke jemanden sprechen, den er sofort als Doro Wolters identifizierte. „Herr Kommissar Helmke?", fragte sie.

„Am Apparat."

„Herr Kommissar, Sie müssen sofort vorbeikommen. Ich glaube, ich habe soeben das Mordmesser gefunden."

Helmke glaubte nicht richtig zu hören. „Was? … Wo lag das Messer?", fragte er.

„In meiner Küche."

„Frau Wolters, wir sind in einer Viertelstunde bei Ihnen." Helmke legte den Hörer auf die Gabel und sprang auf.

In diesem Augenblick betrat Bach das Büro. „Lass' den Mantel an und hol' jemanden von der Spurensicherung. Wir fahren noch einmal ins *Enzian*. Frau Wolters hat möglicherweise die Tatwaffe gefunden."

Bach guckte einen Augenblick etwas ungläubig, dann machte er auf dem Absatz kehrt. Wenige Minuten später saßen sie im Auto. Bach hatte den von Helmke geschätzten Harald Coring mitgebracht, der seinen Koffer mit den für die Sicherung von Spuren benötigten Utensilien neben sich auf dem Rücksitz deponiert hatte.

Die Fahrt dauerte nicht lange. Helmke parkte den Opel direkt vor dem Lokal. Nach dem Klingeln mussten sie nur wenige Augenblicke warten, bis ihnen Doro Wolters die Tür öffnete.

Helmke, der von dem Besuch am vergangenen Mittwoch noch wusste, dass sich die Küche auf der linken Seite des Flures befand, direkt gegenüber dem Eingang zur Gaststube, zeigte auf die Küchentür und blickte Doro Wolters fragend an. Sie nickte und ging voraus.

Die penibel aufgeräumte Küche hatte beträchtliche Ausmaße, ein Beleg dafür, dass das *Enzian* schon bessere Tage gesehen hatte. Früher war das Küchenpersonal sicherlich in der Lage gewesen, den Wünschen zahlreicher Gäste innerhalb kurzer Zeit nachzukommen.

Auf einer Arbeitsplatte direkt neben der Tür befand sich ein großer Messerblock, in dem Messer unterschiedlicher Größe steckten. Ein mit getrocknetem Blut beschmiertes Messer lag neben dem Block. Das Blut hatte inzwischen eine dunkle, fast schwarze Farbe angenommen.

„Wie haben Sie das Messer gefunden?", fragte Helmke.

„Ich richte im *Enzian* heute Abend eine größere Feier aus", sagte Doro Wolters, „ich wollte vorhin schon mit den Vorbereitungen beginnen. Als ich das Messer aus dem Block zog, habe ich bemerkt, dass es mit Blut beschmutzt war. Und dann habe ich eins und eins zusammengezählt."

Helmke wandte sich an Harald Coring und fragte vorwurfsvoll: „Habt ihr denn am Mittwoch die Küche nicht untersucht?"

Coring schüttelte den Kopf. „Nein, nur den Tatort. Weder die Küche, noch den Schankraum."

Helmke gab sich mit der Antwort zufrieden. „Gut, dann walten Sie Ihres Amtes."

Während Coring das Messer einpackte und sich daran machte, die Arbeitsplatte mit Puder einzustreichen, um nach Fingerabdrücken zu suchen, überlegte Helmke laut: „Viel Zeit hatte der Täter vermutlich nicht, er wird nur vorn in der Küche gewesen sein." An Coring gewandt, sagte er: „Es reicht, wenn Sie sich bei der Suche nach Fingerabdrücken auf die unmittelbare Umgebung der Tür und des Messerblocks konzentrieren. Den Messerblock können wir ja mitnehmen."

„Ja, ich weiß", sagte Coring knapp, der es nicht mochte, wenn man ihm bei seiner Arbeit unerbetene Ratschläge gab.

„Die Tür zur Küche war unverschlossen?", fragte Bach die Wirtin.

„Ja, natürlich. Ich kann die Tür doch nicht jedes Mal

auf- und abschließen, wenn ich etwas aus der Küche holen muss."

„Dann hätte also jeder Gast, aber auch Leute von außerhalb, in die Küche gehen und das Messer nehmen können?"

Doro Wolters nickte. „Ja, schon, bisher ist so etwas aber noch nicht passiert."

„Was ist das für eine Feier heute Abend?", erkundigte sich Helmke.

Die Wirtin lächelte. „Einer von den alten Kameraden feiert hier heute seine Silberhochzeit. Für mich eine gute Gelegenheit, das *Enzian* bei meinen alten Kunden wieder in Erinnerung zu bringen."

„Haben im *Enzian* eigentlich auch SS-Leute verkehrt? Das *Enzian* war in der Hitlerzeit doch eigentlich ein SA-Lokal – oder?"

Doro Wolters lachte. Sie hatte schöne Zähne und ihre Augen leuchteten. „Sie ist immer noch verdammt hübsch", dachte Helmke. Er konnte sich gut vorstellen, dass diese Frau die Männerwelt in Bielefeld und darüber hinaus begeistert hatte.

„Na ja, die SA- und die SS-Männer mochten sich nicht besonders, das stimmt. Bei mir im *Enzian* waren gelegentlich aber auch SS-Männer zu Gast. Mich haben die Männer beider Verbände respektiert. Ich habe von Anfang an auch darauf geachtet, dass es zwischen ihnen keine Reibereien gab."

Harald Coring war inzwischen in seiner Arbeit

vertieft. „Kommen Sie doch mit in die Gaststube." Doro Wolters zeigte Richtung Flur und erntete dafür einen dankbaren Blick von Coring. Helmke und Bach folgten der Wirtin.

Am frühen Morgen hatte die Gaststube noch keine Atmosphäre. Es war zu hell und es roch nach Bier und kaltem Rauch. Die Stühle waren am späten Vorabend mit der Sitzfläche auf die Tische gestellt worden, damit sie bei der Reinigung des Bodens nicht im Wege standen. Die beiden Kriminalbeamten setzten sich an die Theke, Doro Wolters nahm ihren gewohnten Platz hinter der Theke ein. „Möchten Sie vielleicht schon ein frisch gezapftes Bier?", fragte sie. „Geht auf's Haus."

Helmke und Bach lehnten dankend ab.

„Was machen die Ermittlungen?" Doro Wolters wusste, wie man ein Gespräch in Gang brachte und am Laufen hielt.

Helmke zündete sich eine Zigarette an. „Wir tun uns noch schwer. Wir müssen unbedingt an die beiden uns noch unbekannten Gäste herankommen, die am Mittwoch neben der Eingangstür gesessen haben. … Die waren in den vergangenen Tagen nicht zufälligerweise noch einmal bei Ihnen?"

Doro Wolters schüttelte den Kopf. „Ich melde mich bei Ihnen, falls das geschehen sollte. Ist versprochen. Übrigens …", schob sie nach „die vier Männer aus Bünde haben am Mittwoch ziemlich rumgesaut. Bei der Reinigung am Donnerstagmorgen befand sich unter ihrem

Tisch noch immer eine große Alkoholpfütze."

„Vielleicht mochten die Männer Ihre Spirituosen nicht?", wandte Bach scherzhaft ein, worauf er einen tadelnden Blick von Doro Wolters erhielt, etwa in der Art, wie ein Lehrer einen vorlauten Schüler anzublicken pflegt. Bach schien von dem Blick beeindruckt zu sein.

Es dauerte noch eine gute halbe Stunde, die die drei mit einem Gespräch über die aktuelle verworrene politische Lage verbrachten. Doro Wolters versprach sich einiges von der neugeschaffenen Trizone und klagte über die immer noch in der Sowjetunion festgehaltenen deutschen Kriegsgefangenen.

Irgendwann erschien Harald Coring an der Gaststubentür. „Ich wäre soweit", sagte er, „Frau Wolters, ich müsste nur von Ihnen noch Fingerabdrücke nehmen, damit ich die aus den in der Küche gefundenen Abdrücken streichen kann."

Als sie wieder im Auto saßen, fragte Bach: „Und – haben Sie einige Spuren gefunden?"

Coring nickte zufrieden. „Fingerabdrücke habe ich genug, auch von der Tatwaffe. Ich fürchte nur, die meisten Abdrücke werden von Frau Wolters stammen. Jetzt müssen wir nur noch überprüfen, ob das Blut, das wir am Messer gefunden haben, tatsächlich dem toten Kieslich zuzuordnen ist."

„Hoffen wir, dass noch einige andere Fingerabdrücke übrig bleiben. Vielleicht gelangen wir ja über die Fingerabdrücke zu den beiden Unbekannten." Für Helmke sah die Situation nach dem Fund der Tatwaffe deutlich besser aus.

Im Präsidium angekommen, blickte Helmke auf die Wanduhr, die in ihrem Büro hing. „Kurz nach zehn", sagte er dann. „Es lohnt sich nicht mehr, nach Bünde zu fahren, um mit den Leuten zu sprechen, die Kieslich ins Lager oder Gefängnis geschickt hat. Das verschieben wir auf Montag." Bach nickte.

„Auch einen Kaffee?" Ohne auf Bachs Antwort zu warten, füllte Helmke den Wasserbehälter und drückte den Stecker des Tauchsieders in die Steckdose. Als das Wasser kochte, kippte er das heiße Wasser über die gemahlenen Kaffeebohnen und schob Bach eine Tasse herüber. Bis Dienstende widmeten sich beide den vorliegenden Berichten und Aussagen, ohne dabei allerdings auf gravierend Neues zu stoßen.

Um kurz vor 12 Uhr klopfte es an der Tür. Zwei Männer, ein jüngerer und ein älterer Mann, betraten das Büro. Sie stellten sich als Peter Eickhoff und Sohn vor. Der ältere Mann erklärte dann: „Man hat uns zu Ihnen geschickt. Wir sind die beiden Gäste aus dem *Enzian*, die Sie als Zeugen suchen."

Helmke war überrascht, er hatte nicht mehr damit gerechnet, dass sich jemand bei ihnen melden würde. „Schön, dass Sie zu uns gekommen sind", sagte er zu den beiden Besuchern. „Vielleicht können Sie uns bei unseren Ermittlungen weiterhelfen."

Nachdem Bach Namen und Anschrift der Eickhoffs

notiert hatte, forderte Helmke die beiden auf: „Erzählen Sie mal, was Sie am Mittwoch in dem Lokal gesehen haben."

Vater und Sohn blickten sich unschlüssig an. Der Sohn, dessen Alter Helmke auf gut 20 Jahre schätzte, fasste sich zuerst: „Wir sind an dem besagten Mittwoch so gegen fünf Uhr in das Lokal gekommen, haben uns an einen Tisch gesetzt und bei der Wirtin Bier bestellt."

Bach unterbrach ihn: „Haben Sie zuvor den Prozess am Landgericht besucht?"

Der junge Eickhoff blickte etwas verwirrt, so als wolle er fragen: ‚Welchen Prozess?', und schüttelte den Kopf.

„Wer befand sich noch in dem Lokal?"

„Na, die Wirtin, zwei Gäste an der Theke und eine laute Gruppe, vier Männer, an einem weiteren Tisch."

„Kannten Sie diese Männer?"

„Nein." Vater und Sohn schüttelten unisono die Köpfe.

Helmke zog eine *Eckstein* aus seiner Packung und hielt das Päckchen auch den beiden Eickhoffs hin. Beide lehnten ab. „Bleiben wir bei diesen vier Männern. Erzählen Sie, was an diesem Tisch passierte!"

Peter Eickhoff zuckte mit den Schultern. „Nichts Besonderes, abgesehen davon, dass die Vier sehr laut waren, sie hatten offenbar einen Grund zum Feiern. Die Wirtin musste ständig neue Lagen, Bier und Schnaps, bringen."

„Noch etwas?"

136

Der Sohn räusperte sich und sagte dann: „Eigentlich nicht. Höchstens … einer der Männer schien nicht soviel zu vertragen wie die anderen, ich habe gesehen, dass er zweimal sein Schnapsglas nicht ausgetrunken, sondern unter den Tisch gekippt hat."

Helmke fragte: „Welcher der Männer war das?"

„So ein großer Blonder, der hatte nur einen Arm."

Helmke dachte nach. „Hm. Wann haben Sie das Lokal wieder verlassen?"

„Nach etwa einer guten halben Stunde."

„Haben zu diesem Zeitpunkt noch alle vier Männer an ihrem Tisch gesessen?"

Der ältere Eickhoff hob die Schultern. „Das kann ich Ihnen nicht sagen. Darauf habe ich nicht geachtet." Er blickte seinen Sohn an, der machte ebenfalls ein ratloses Gesicht.

„Überlegen Sie noch einmal. Das ist für uns eine wichtige Frage", drängte Helmke.

Der ältere Eickhoff sah Helmke an, als wolle er sich entschuldigen. „Tut mir leid. Ich weiß es nicht."

Helmke gab sich mit der Antwort zufrieden. „Ist Ihnen draußen vor dem Lokal beim Hinausgehen etwas aufgefallen?"

Vater und Sohn schüttelten die Köpfe.

Bach hatte noch eine Frage. „Wenn Sie vorher nicht bei dem Prozess waren, von dem ich eben gesprochen habe, wo waren Sie, bevor Sie die Gaststätte aufgesucht haben?"

Der ältere Eickhoff machte plötzlich ein bekümmertes Gesicht. „Wir haben meine Frau besucht, die liegt zur Zeit mit einem Blinddarmdurchbruch im Franziskus Hospital. Wir waren auf dem Heimweg und hatten noch Durst auf ein Bier."

„Was haben Sie gemacht, nachdem Sie das Lokal verlassen haben?"

„Wir sind auf dem direkten Weg weiter nach Hause gegangen."

Bach blickte auf seine Notizen. „Das würde passen", sagte er, an Helmke gewandt. „Die Eickhoffs wohnen in der Rohrteichstraße. Das *Enzian* liegt auf dem direkten Weg zwischen dem Krankenhaus und ihrer Wohnung."

„Gut." Helmke schüttelte den beiden Eickhoffs die Hand. „Vielen Dank, dass Sie vorbeigekommen sind. Damit sehen wir etwas klarer."

Als die beiden Besucher das Büro verlassen hatten, maulte Bach: „Weitergebracht haben die Aussagen der Eickhoffs ja nicht – oder?"

Helmke zündete sich eine Zigarette an. „Wie man's nimmt. Du rufst gleich im Franziskus Hospital an. Wenn die Frau Eickhoff tatsächlich im Krankenhaus liegt, können wir die beiden Eickhoffs wohl von der Liste der Tatverdächtigen streichen und uns ganz auf die Bünder Spur konzentrieren."

Bach nickte.

***

Als Walter Helmke und Gabi Bongert am Abend die in der Altstadt gelegene Gaststätte *Lindenhof* betreten wollten, kam ihnen in der Eingangstür ein Helmke wohlbekannter Mann entgegen.

Bevor Helmke etwas sagen konnte, wurde er von dem Mann schon lautstark mit „Herr Kommissar, das ist aber ein schöner Zufall. Haben uns ja lange nicht gesehen" begrüßt. Paul Beckmann, in Begleitung einer gutaussehenden Frau, die wohl einige Jahre jünger war als er, stand jetzt vor ihnen und lachte. Er schien sich über das Wiedersehen ehrlich zu freuen.

Helmke musste grinsen. „Paule Beckmann, das ist in der Tat eine Überraschung ..." Bevor Helmke weitersprechen konnte, zog ihn Gabi Bongert aus der Eingangstür nach draußen, weil sie anderen Gästen den Weg zu versperren drohten. Paul Beckmann und seine Begleiterin folgten ihnen.

Auf dem Bürgersteig vor der Gaststätte blieben sie stehen. Helmke betrachtete seine Gegenüber genauer. Beckmanns Geschäfte schienen gut zu laufen. Er trug einen eleganten Wintermantel und der Mantel seiner Begleiterin hatte einen Pelzbesatz am Kragen. An ihren Fingern blitzten mehrere Ringe. Helmke stellte den beiden Gabi Bongert vor, was Beckmann dazu veranlasste, sich und seine Begleiterin, die er als seine Verlobte bezeichnete, ebenfalls vorzustellen. Helmke wandte sich an Gabi Bongert und erklärte: „Herr Beckmann war vor einiger Zeit bei einem Mordfall ein wichtiger Zeuge."

Er blickte Paul Beckmann an und sagte: „Paule, euch scheint es ja gut zu gehen. Das freut mich."

Paul Beckmann lachte zufrieden. „Ja, ich habe die alten Geschäfte nach der Währungsreform aufgegeben, lohnte sich nicht mehr. Ich betreibe jetzt zusammen mit einem Kumpel ein Fuhrunternehmen. Das läuft prima. Wir fahren auch für die Engländer, wenn es bei denen mal Engpässe gibt. Ich habe da noch ein paar Kontakte." Er kniff sein linkes Auge zu und ergänzte: „Da kann man schon mal schick essen gehen."

Die Kontakte zu den Engländern pflegte Beckmann offensichtlich aus seiner Zeit als Schwarzhändler. Helmke vermutete, dass Beckmann den schwarzen Markt auch mit englischen Waren versorgt hatte.

„Praktische Erfahrungen im Wirtschaftsleben hast du ja genug gesammelt. Ich wünsche dir für dein Unternehmen alles Gute." Helmke tippte an seine Hutkrempe, lächelte Beckmanns Begleiterin zu und zog Gabi Bongert zurück zum Eingang des *Lindenhofes*.

Wenig später saßen die beiden an dem von Helmke reservierten Tisch. Helmke, der seinen besten Anzug trug, hob sein Glas und lächelte. „Schön, dass du es heute Abend einrichten konntest. Ich freue mich …"

Gabi Bongert hatte blonde Haare, die sie in Form eines Pagenschnitts trug. Ihr schmales Gesicht mit den großen, freundlich blickenden Augen hatte Helmke schon in der Stadtbibliothek angezogen. Sie war mittelgroß, so dass sie, wenn sie nebeneinander standen, von Helmke um Haupteslänge überragt wurde. Sie hob ebenfalls ihr Glas und gab dabei das Lächeln zurück. „Meine Mutter ist ja zu Hause. Sie kümmert sich um Johannes. Und wenn ich ehrlich bin: So oft komme ich abends nicht aus der Wohnung."

Beide widmeten sich der Speisekarte. Helmke entschied sich für ein Schweineschnitzel mit Bratkartoffeln, Gabi Bongert wählte Kabeljau mit Salzkartoffeln und Gemüse. Helmke gab dem Kellner ein Zeichen, der daraufhin an den Tisch trat und die Bestellung aufnahm.

„Was war das eben für ein Paar?", fragte Gabi Bongert, nachdem der Kellner sie verlassen hatte.

Helmke lächelte leicht und griff nach seinen Zigaretten. „Ein früherer Schwarzhändler, aber eigentlich ein netter Kerl, der mir vor etwa zwei Jahren bei der Aufklärung eines Mordes sehr geholfen hat. Ich mag ihn, er scheint jetzt ja seriös geworden zu sein."

Damit gab sich Gabi Bongert zufrieden. Da sie wusste, dass Helmke gerade den Roman „Schuld und Sühne" von Dostojewski las – schließlich hatte sie ihm den Roman bei seinem letzten Besuch in der Stadtbibliothek empfohlen –, wechselte sie das Thema und fragte: „Wie kommst du mit dem Roman zurecht?"

Helmke zündete sich eine Zigarette an. „Gut, ich finde ihn sehr interessant. Dieser Student Raskolnikow …"

„Rodion Raskolnikow", ergänzte Gabi Bongert.

„Ja, dieser Rodion Raskolnikow scheint ja auch dem Gedanken von einem Herrenmenschentum anzuhängen. Er begeht zwei Morde und hält sich dazu auch für berechtigt, weil er glaubt, etwas Besseres zu sein als die Ermordeten."

Gabi Bongert nickte. „Ja, das stimmt. Aber am Ende scheitert Raskolnikow doch mit dieser Haltung. Oder besser: Dostojewski lässt Raskolnikow scheitern, weil er diese Haltung für falsch hält. Ich hoffe, ich habe dir jetzt nicht zu viel verraten."

Helmke schüttelte den Kopf. „Wie bist du auf Dostojewski gekommen?", fragte er. „Für russische Autoren wurde in der Hitlerzeit doch nicht gerade geworben."

Gabi Bongert lächelte. „Meine Eltern haben nicht viel gelesen, sie haben das für Zeitverschwendung gehalten. Ich bin damals durch eine Freundin an die russische Literatur geraten. Ihr Vater war Lehrer und besaß eine kleine Bibliothek, da hatte Edith die Bücher gefunden. Während die anderen Mädel vom BDM Liebesromane lasen, hatte Edith die russischen Autoren entdeckt und auch mich dafür begeistert. Ich glaube nicht, dass ich alles verstanden habe, was Dostojewski, Tolstoi oder Puschkin geschrieben haben, aber auf der reinen Handlungsebene fand ich die Bücher schon damals sehr spannend. Das war eine völlig neue Welt für mich. Gerade Dostojewskis ‚Schuld und Sühne' hat mich über einen längeren Zeitraum beschäftigt. Das Bild vom russischen

Untermenschen, das auch bei unseren BDM-Abenden propagiert wurde, habe ich dadurch nicht verinnerlicht."

Helmke nickte. „Ich habe während des Krieges in der russischen Zivilbevölkerung sehr gebildete Menschen kennengelernt, die wussten über Goethe und Schiller mehr als wir Soldaten. Wir sind ihnen leider nicht entsprechend respektvoll gegenübergetreten."

„Lass' uns nicht vom Krieg sprechen", sagte Gabi Bongert und hob noch einmal ihr Glas. „Damit verbinden sich für mich nur schlimme Erinnerungen. Wir sollten jetzt nach vorn blicken und schauen, dass wir diese Zeit hinter uns lassen."

„Du hast recht, wir müssen aber auch dafür sorgen, dass die Zukunft friedlicher wird", sagte Helmke und griff ebenfalls nach seinem Glas. „Nastrovje. Auf uns und auf die Zukunft!"

Sie stießen die Gläser an und tranken. Gabi Bongert fragte: „Und – wie stellst du dir deine Zukunft vor?"

Helmke zuckte die Schultern. „Das ist für mich eine ganz schwere Frage. Ich habe nach dem Kriege eine Zeitlang gebraucht, bis mir klar geworden ist, was ich möchte. In dieser Zeit war meine Arbeit eigentlich alles, was mich interessiert hat."

„Und – wie ist das heute?"

„Ich merke langsam, dass das nicht für mein weiteres Leben reichen wird. Alleine bin ich jetzt lange genug gewesen."

Gabi Bongert nickte. „Ich glaube auch, dass wir Menschen für das Alleinsein nicht geschaffen sind."

„Manche Menschen sind aber sehr kompliziert."

„Deshalb sollte man auch versuchen herauszufinden, wer zu wem passt."

Der Kellner kam und brachte die Speisen. Nachdem er serviert hatte, wünschte er einen guten Appetit und entfernte sich wieder. Helmke nickte Gabi Bongert zu und schnitt das panierte Schnitzel an. Es schmeckte großartig. Auch die Bratkartoffeln, mit sehr viel Zwiebeln angemacht und kross gebraten, übertrafen seine Erwartungen.

„Ich weiß gar nicht, wann ich das letzte Mal so gut gegessen habe", sagte er und grinste. „Das, was ich mir abends so zubereite, wenn ich nach Hause komme, kann damit bei weitem nicht mithalten."

Gabi Bongert lachte. „Der Kabeljau ist auch nicht schlecht, das würde ich aber auch hinbekommen."

Helmke nickte. „Das glaube ich gerne. Aber noch einmal zurück zu unserem Thema von vorhin. Wie stellst du dir denn deine Zukunft vor?"

„Es ist ja nicht nur meine Zukunft, ich habe ja immerhin noch einen kleinen Sohn, für den ich da sein muss. Ich glaube, es wäre nicht gut, wenn er ohne Vater aufwachsen müsste."

Helmke war mit dieser Antwort nur teilweise zufrieden. „Du suchst also nur einen Vater für deinen Sohn?", fragte er.

Gabi Bongert schüttelte den Kopf. „Verstehe mich bitte nicht falsch. Es geht um meinen Sohn, aber es geht natürlich auch um mich. Es wäre nicht in Ordnung, wenn ich nur nach einem Vater für meinen Sohn suchte. Das wäre dem Partner gegenüber nicht anständig und das wäre auch nicht gut für mich."

„Vielleicht kann ich deinen Sohn ja mal kennenlernen?", fragte Helmke, dem allerdings, nachdem er die Frage gestellt hatte, etwas mulmig wurde. Vielleicht ging das hier doch alles ein wenig zu schnell.

Gabi Bongert schien das nicht zu bemerken. Sie lächelte. „Gerne. Wir könnten, wenn du Zeit hast, morgen etwas unternehmen."

„Gut, abgemacht." Ganz wohl fühlte sich Helmke immer noch nicht. An der Verabredung für morgen konnte er aber nicht mehr rütteln.

Nach dem Essen griff Helmke nach seinen Zigaretten und zündete sich eine an. „Noch ein Glas Wein?", fragte er.

„Nur, wenn du auch noch etwas trinken möchtest …"

Helmke nickte und gab dem Kellner ein Zeichen.

Gabi Bongert beugte sich nach vorn und lächelte Helmke an. „Erzähl' du doch mal etwas von deiner Arbeit."

Helmke berichtete von dem Mordfall im *Enzian* und von den Schwierigkeiten, sich den Tätern zu nähern. „Du verstehst, dass ich da nicht weiter in die Einzelheiten gehen kann, aber ich glaube, dass uns dieser Mord noch einige Zeit beschäftigen wird. Wenn man einen Täter nicht sofort zu fassen bekommt, ziehen sich die Ermittlungen in der Regel lange hin."

„Seid ihr denn schon auf ein Motiv für die Tat gestoßen? Ein zweiter Raskolnikow wird es sicherlich nicht gewesen sein – oder?"

Helmke drückte seine Zigarette aus und grinste. „Sicher nicht. Der Mörder hat vermutlich ein klares Motiv. Wenn wir dieses Motiv kennen würden, wären wir schon einen großen Schritt weiter."

Die beiden unterhielten sich noch einige Zeit über ihre berufliche Arbeit und über die angespannte politische Lage in Deutschland, schließlich noch über lesenswerte Bücher. Die Zeit verging rasch. Als Helmke auf seine Armbanduhr blickte, war es bereits nach 22.00 Uhr.

Gabi Bongert drängte nun zum Aufbruch. Sie nahm Helmkes Angebot an, sie nach Hause zu begleiten. Sie wohnte zusammen mit ihrer Mutter und ihrem kleinen Sohn in der oberen Etage eines Geschäftshauses in der Nähe des Hochbunkers. Der Weg war also nicht sehr weit. Vor ihrer Haustür nahm Helmke sie in die Arme, zog sie an sich und verabschiedete sich von ihr mit einem Kuss, den sie erwiderte.

Trotz der Kälte machte sich Helmke gut gelaunt zu Fuß auf den Weg in die Prießallee. Straßenbahnen fuhren nicht mehr.

## 8. Kapitel

### Montag, 7. Februar 1949

Am Montagmorgen klingelte der Wecker um kurz vor sieben Uhr. Helmke war guter Dinge und sprang aus dem Bett. Der gestrige Tag mit Gabi und dem kleinen Johannes beflügelte ihn immer noch. Er putzte die Zähne, wusch sich und zog sich an. Auf das Frühstück verzichtete er. Wenig später stand er an der Straßenbahn, die ihn von der Detmolder Straße mit in die Innenstadt nahm.

Der Sonntagnachmittag war sehr angenehm verlaufen. Seine Befürchtungen waren gegenstandslos gewesen. Gabi hatte aus der Nachbarschaft einen stabilen hölzernen Schlitten besorgt und die beiden hatten Johannes bis zur Ochsenweide hochgezogen.

Der Kleine war zu Anfang etwas scheu gewesen, war im Laufe des Nachmittags aber aufgetaut und als Helmke mit ihm den Abhang heruntergerodelt war, hatte er laut gejuchzt.

Nach einem gemeinsamen Kaffeetrinken und einem Kakao für den Kleinen in einer Konditorei hatte er Gabi und ihren Sohn wieder zu ihrer Wohnung gebracht. Er hatte das Gefühl, dass Gabi und er sich an diesem Nachmittag nähergekommen waren.

Als Helmke das Büro betrat, wurde er schon von Bach erwartet. „Eben kam ein Anruf aus Bünde", sagte er, „von Wilhelm Worms. Er ist heute Nacht bedroht

147

worden. Er bittet uns vorbeizukommen."

Helmke nickte. „Ist gut, den Besuch bei Worms können wir mit unseren anderen Gesprächen in Bünde verbinden."

Nach der morgendlichen Lagebesprechung, bei der Helmke und Bach von dem verspäteten Fund der Tatwaffe und über die beiden aufgetauchten Zeugen berichten konnten, besorgte Bach den Opel Olympia. Da es am Wochenende keinen Neuschnee gegeben hatte, bereitete die Fahrt nach Bünde keine Probleme. Weiterer Schneefall schien sich aber anzukündigen.

Vor Kieslichs Haus in der Winkelstraße standen Wilhelm Worms und der korpulente Ortspolizist, den Helmke und Bach am Freitag auf der Polizeiwache kennengelernt hatten. Die beiden Männer betrachteten den Judenstern, den jemand mit roter Farbe auf die große Fensterscheibe im Erdgeschoss gemalt hatte. Im Schnee vor dem Fenster waren Fußspuren zu erkennen, die glücklicherweise noch unberührt waren.

Die beiden Kriminalpolizisten stiegen aus dem Auto aus und grüßten.

„Danke, dass Sie gekommen sind, Herr Kommissar", sagte Wilhelm Worms. Er wirkte aufgeregt. „Es geht wieder los. Zuerst wird der Judenstern an das Fenster gemalt, dann kommt die SS und schließlich landen wir im Vernichtungslager."

„Herr Worms, es kann sich doch auch nur um einen dummen Streich von Jugendlichen gehandelt haben."

Der Ortspolizist, dessen Name Helmke entfallen war, versuchte Worms zu beruhigen.

Wilhelm Worms war empört. „Herr Drewes, das glauben Sie doch selber nicht, hier laufen noch genug alte Nazis herum, die sich freuen würden, wenn wir endlich aus Bünde verschwänden."

Drewes, das war also der Name des Kollegen. Helmke schaltete sich ein. „Herr Drewes, ich denke schon, dass wir hier ermitteln müssen." Er sah sich die Fußspuren vor dem Fenster genauer an. Er glaubte Spuren von zwei verschiedenen Schuhpaaren zu erkennen. Er blickte zum Himmel, der neuen Schneefall versprach. Eile war geboten. „Herr Worms, besitzen Sie einen Fotoapparat?"

Worms nickte.

„Können Sie fotografieren?"

Worms nickte abermals. „Ja, sicher."

„Es gibt gleich vielleicht noch Schnee. Machen Sie doch zunächst einmal große Aufnahmen von den Fußspuren vor Ihrem Fenster und dann von der Schmiererei am Fenster und lassen Sie die Fotos so rasch wie möglich entwickeln. Mein Kollege zeigt Ihnen, was Sie fotografieren müssen. Vielleicht kommen wir den Tätern über die Sohlenabdrücke auf die Spur."

Wilhelm Worms nickte und hinkte in das Haus, um den Fotoapparat zu holen. „Von unserer Tochter aus Amerika", sagte er stolz, als er nach kurzer Zeit zurückkam und dabei die Kamera, eine Kodak, emporhielt.

Während er sich, assistiert von Bach, an die Arbeit

149

machte, zündete sich Helmke eine Zigarette an. Die ersten Schneeflocken fielen. Helmke sprach den Bünder Ortspolizisten an, der noch keine Anstalten machte, wegzugehen. „Herr Drewes, Ihr Kollege wollte noch zwei Namen von Männern für uns ausfindig machen, die Kieslich wegen Abhörens ausländischer Sender ins Zuchthaus gebracht hat. Sie erinnern sich?"

Der Ortspolizist nickte. „Ja, natürlich. Das hat mein Kollege schon am Samstagvormittag erledigt. Die beiden Männer heißen Manfred Schroeter und Fritz Sewekow. Sie sind Nachbarn und wohnen in der Fünfhausenstraße, gar nicht weit von hier." Er zeigte mit seinem Arm nach Osten.

Helmke notierte sich die Namen. „Richten Sie Ihrem Kollegen meinen Dank aus."

Inzwischen war der Schneefall stärker geworden. Wilhelm Worms und Maximilian Bach hatten die Fotoaufnahmen noch rechtzeitig beenden können, bevor nichts mehr zu erkennen war.

Wilhelm Worms blickte Helmke an. „Meine Frau hat das nicht verkraftet. Sie liegt mit einem Nervenzusammenbruch im Bett." Er kramte in seiner Jackentasche. „Das wollte ich Ihnen noch zeigen." Er zog ein gefaltetes Blatt Papier im DIN-A4-Format heraus und hielt es Helmke vor die Nase. „Das ist heute Nacht unter unserer Haustür durchgeschoben worden."

Helmke, der noch seine Handschuhe trug, nahm das Blatt und las die beiden mit einer Schreibmaschine getippten Sätze: „Itzig, es wird Zeit, dass ihr von hier verschwindet. Entweder nach Palästina oder direkt in den Ofen."

Helmke schüttelte den Kopf und faltete das Papier wieder zusammen und schob es in seine Manteltasche. „Das nehme ich mit, vielleicht finden wir noch Fingerabdrücke auf dem Papier." Er blickte Drewes an und sagte: „Ich glaube nicht, dass das ein Streich von irgendwelchen Jugendlichen war."

Der Ortspolizist schwieg.

Helmke wandte sich an Wilhelm Worms: „Geben Sie uns den Film mit, wir lassen ihn rasch entwickeln und sehen dann weiter."

Worms nickte. „In der Bahnhofstraße, in unmittelbarer Nähe der Laurentiuskirche, hat der Fotograf Walter Gruber sein Geschäft. Er wird Ihnen helfen. Sagen Sie ihm, dass Sie von mir kommen. Seine Frau ist Jüdin. … Sie hat überlebt, weil sie sich zum Zeitpunkt der Deportation bei Bekannten versteckt gehalten hat."

Helmke und Bach verabschiedeten sich von Worms und Drewes, nicht ohne Worms noch einmal aufzufordern, sich sofort zu melden, falls es weitere Übergriffe geben sollte.

Das Fotogeschäft von Walter Gruber war in der Nähe und leicht zu finden. Es war in einem Pavillon gegenüber der Laurentiuskirche untergebracht.

Helmke betrat den Laden. Hinter dem Verkaufstresen stand ein etwa 60-jähriger Mann, der der

Geschäftsinhaber zu sein schien.

„Sind Sie Herr Gruber?"

Der Mann nickte. Helmke zeigte seinen Ausweis und richtete den Gruß von Wilhelm Worms aus. Er legte den Film auf den Ladentisch und bat den Fotografen um eine rasche Entwicklung und Vergrößerung der Fotos. Gruber runzelte kurz die Stirn, versprach dann aber, die Fotos am frühen Nachmittag fertig zu haben.

Bevor er sich von Gruber verabschiedete, ließ sich Helmke noch den Weg zur Haßkampstraße erklären, in der die Familie Bloss wohnte. Seinem Kollegen Bach, der vor dem Geschäft gewartet hatte, erklärte er: „Wir besuchen zunächst die Familie Bloss. Kieslich soll ja dafür gesorgt haben, dass der Sohn in ein Konzentrationslager gebracht worden ist."

***

Als die beiden an der Haustür der Familie Bloss klingelten, öffnete ihnen eine etwa 50-jährige Frau die Tür. Sie sah, obgleich es erst elf Uhr morgens war, müde aus, hatte schmutzige braune Hände und trug einen Arbeitskittel. Unter ihrem Kopftuch waren ihre dunklen Haare eher zu erahnen als zu erkennen. Sie blickte die Kriminalbeamten fragend an.

„Kriminalpolizei" sagte Helmke und zeigte der Frau seinen Ausweis. „Wir möchten Ihren Mann und Ihren Sohn sprechen."

Die Frau zögerte. „Willem ist auf der Arbeit."

„Und Ihr Sohn?"

„Kommen Sie bitte herein." In der Wohnung roch es nach Tabak. Frau Bloss führte die beiden Männer in die Küche, wo auf einem Tisch Tabakblätter und Zigarrenwickel lagen. „Ich bin gerade beim Zigarrenmachen", sagte sie und zeigte auf die Stühle, die auf der anderen Seite des Tisches standen. „Setzen Sie sich, ich hole meinen Sohn."

Sie verlies die Küche und kehrte nach kurzer Zeit mit ihrem Sohn, einem stattlichen Mann, der fast ebenso groß wie Helmke war, in die Küche zurück. Helmke schätzte ihn auf gut 30 Jahre. Karl Bloss musterte die beiden Kriminalbeamten und nickte ihnen nur kurz zu. Er blieb stehen und lehnte sich gegen den Küchenschrank.

„Herr Bloss, Sie haben sicherlich davon gehört, dass Paul Kieslich ermordet worden ist?", begann Helmke das Gespräch.

Karl Bloss nickte.

„Uns wurde gesagt, dass Herr Kieslich dafür gesorgt habe, dass Sie einige Zeit in einem KZ verbringen mussten."

Da Karl Bloss nichts sagte, fühlte sich seine Mutter zu einer Antwort verpflichtet: „Karl hat im Jahre 1936 mit zwei Freunden das Ennigloher Schützenfest besucht. Sie haben getanzt und sind dabei aus Versehen an eine Girlande aus Hakenkreuzwimpeln geraten. Einige Wimpel sind auf den Boden gefallen, Karl hat das nicht bemerkt und hat auf die Wimpel getreten. Daraufhin kamen zwei SS-Männer, die ebenfalls auf dem Fest waren und haben ihn zur Rede gestellt. Alle hatten schon etwas getrunken, so dass ein Wort das andere gab. Unser Karl ist nicht feige, er war Mitglied des örtlichen Boxsportvereins und er hat die beiden SS-Männer niedergeschlagen.

Am nächsten Morgen kam die Polizei in Begleitung von SS-Obersturmführer Kieslich zu uns und Karl wurde verhaftet. Kieslich war sehr erregt, weil Karl zwei seiner Männer zum öffentlichen Gespött gemacht hatte. Karl war zunächst eine Zeitlang im Herforder Polizeigefängnis, wurde dann aber in das Konzentrationslager Esterwegen gebracht, wo er ein halbes Jahr lang eingesperrt blieb."

„Wegen dieser Lappalie?", fragte Bach.

„Ja." Karl Bloss, der sich jetzt in das Gespräch einschaltete, nickte. „Sie können mir glauben, ich habe nicht bemerkt, dass ich auf diese Scheißwimpel getreten habe."

Frau Bloss blickte die beiden Kriminalbeamten an: „Man muss im Leben viel einstecken, aber das war das Schlimmste, was uns als Familie passiert ist. Karls Gesundheit ist dauerhaft geschädigt. Eine Niere ist kaputt, er kann seinen linken Arm nicht mehr richtig bewegen. Die haben ihn in dem Lager fürchterlich misshandelt. Er findet keine Arbeit."

Helmke wandte sich an Karl Bloss: „Machen Sie Kieslich für das verantwortlich, was mit Ihnen in dem Lager passiert ist?"

Karl Bloss schnaubte: „Ja, natürlich. Wenn ich mich mit irgendwelchen anderen Leuten geprügelt hätte, wäre Kieslich hier nicht aufgetaucht. Es hat ihn gewurmt, dass ich zwei seiner Männer vor einer Menge von Leuten lächerlich gemacht habe. Mit Sicherheit war er es, der dafür gesorgt hat, dass ich in das Lager Esterwegen gebracht wurde."

„Waren Sie als Besucher bei dem Prozess gegen Kieslich und Landrat Weichert anwesend?"

Karl Bloss schüttelte den Kopf. „Nein, das hat mich nicht mehr interessiert. Ich habe mit der Sache abgeschlossen. Ich muss irgendwie zurechtkommen. Ich warte noch auf eine Entschädigung vom Staat."

‚Dazu muss es erst wieder einen richtigen Staat geben', dachte Helmke. Die Vorarbeiten dazu liefen jetzt allerdings. In Bonn war im September des vergangenen Jahres ein Parlamentarischer Rat zusammengetreten, der eine neue demokratische Verfassung ausarbeiten sollte, allerdings nur für die drei westlichen Besatzungszonen. Wie man in der Zeitung lesen konnte, waren die Beratungen hierzu bereits weit vorangeschritten.

Es war Bach, der die entscheidende Frage stellte: „Herr Bloss, wo waren Sie an Mittwochnachmittag vergangener Woche?"

Bloss stutzte. „Sie glauben doch nicht etwa, ich hätte irgendetwas mit dem Mord an …"

Helmke unterbrach ihn: „Nein, Herr Bloss, das ist nur

eine Routinefrage, die wir allen Personen stellen müssen, die ein Motiv hatten, mit Kieslich abzurechnen."

Bloss schüttelte den Kopf, um damit zu demonstrieren, dass er den Sinn dieser Frage nicht verstand. Nach einiger Zeit bequemte er sich aber zu einer Antwort auf Bachs Frage. „Na, hier zu Hause natürlich. Ich habe keine Arbeit und kein Geld, was sollte ich da anderes tun als hier zu Hause herumzusitzen und meiner Mutter beim Zigarrenmachen zu helfen, soweit ich das kann?" Seine Worte hatten einen bitteren Klang.

Helmke stand auf. „Gut, das war es für heute. Falls noch weitere Fragen auftauchen sollten, melden wir uns erneut bei Ihnen."

Frau Bloss begleitete die beiden Kriminalbeamten zur Tür. Wortlos ließ sie die beiden hinaus.

„Armer Kerl", sagte Helmke, als sie auf dem Gehweg standen. Bach nickte, dann aber gewann sein Hungergefühl die Oberhand über sein Mitgefühl. Er fragte: „Gehen wir wieder ins *Hotel Schierholz*?"

***

Das Essen im *Hotel Schierholz* war wieder in Ordnung gewesen. Helmke und Bach hatten sich weiter über ihren Mordfall unterhalten. Ihnen war noch nicht klar, ob die Aktion gegen Wilhelm und Erna Worms mit dem Mordfall in Verbindung zu bringen war.

In der Eschstraße, an der das *Hotel Schierholz* lag,

156

herrschte in der Mittagszeit reger Autoverkehr. Der Opel Olympia stand noch immer vor Kieslichs Haus. Hier in Bünde war alles gut fußläufig zu erreichen. Auch von der Eschstraße bis zur Fünfhausenstraße war es nicht weit.

Helmke und Bach fanden das Domizil der Familie Sewekow, ein älteres, schlichtes kleines Einfamilienhaus, auf Anhieb.

Bach drückte auf den Klingelknopf. Nach kurzem Warten wurde die Haustür von einem älteren Mann geöffnet, der unter seinem linken Auge ein auffälliges blaurotes Blutschwämmchen hatte. Er blickte die beiden Kriminalbeamten fragend an.

„Herr Sewekow?", fragte Bach. Der Mann nickte.

„Herr Sewekow, wir haben erfahren, dass Paul Kieslich dafür gesorgt hat, dass Sie in der Zeit des ‚Dritten Reiches' für einige Zeit ins Zuchthaus mussten." Bei diesen Worten zeigte ihm Bach seinen Dienstausweis.

Fritz Sewekow betrachtete den Ausweis, wobei er sein linkes Auge zukniff. „Ja, das stimmt", sagte er. „Kommen Sie wegen der Haftentschädigung?"

Bach schüttelte den Kopf. „Nein, wir sind von der Kriminalpolizei. Können wir uns irgendwo in Ruhe unterhalten?"

„Bitte treten Sie ein." Sewekow machte einen Schritt zur Seite, um die beiden Kriminalbeamten durchzulassen. Nachdem er die Haustür wieder geschlossen hatte, ging er voraus und führte Helmke und Bach in das

Wohnzimmer, wo ein Kachelofen für die nötige Wärme sorgte. Die drei Männer setzten sich.

Helmke genoss die Wärme und öffnete die Knöpfe seines Mantels. Seinen Hut legte er auf den Tisch. „Herr Sewekow, vermutlich haben Sie davon gehört, dass Paul Kieslich in der vergangenen Woche in Bielefeld ermordet worden ist?", fragte er.

Sewekow nickte. „Ja, habe ich, und ich sage Ihnen frank und frei: Um den ist es nicht schade!"

Helmke nickte leicht. „Dennoch: Es war Mord. Wir müssen den Täter finden."

„Und da kommen Sie zu mir? Was habe ich mit dem Mord an dem Kieslich zu tun?"

Helmke ließ die Frage im Raum stehen. „Wir wollen zunächst nur herausfinden, was seinerzeit dazu geführt hat, dass Sie ins Zuchthaus mussten."

„Das kann ich Ihnen erzählen. Das ist kein Geheimnis."

„Ja und?"

„Zwei meiner Nachbarn und ich, wir haben nach Kriegsbeginn gelegentlich einen englischen Radiosender gehört und Kieslich, der ebenfalls in der Nachbarschaft wohnte, hat uns dabei ausspioniert."

„Unter Nachbarn?"

Sewekow schnaubte verächtlich. „Na ja, richtige Nachbarn waren wir ja nicht. Wir kannten uns … ja, aber Kieslich war Nazi und wir waren in der SPD. Da gab es keine Gemeinsamkeiten oder nachbarschaftliche

158

Beziehungen."

„Was ist damals genau passiert?"

„Kieslich ist häufiger bei Dunkelheit um unser Haus geschlichen, wenn ich mich mit den Nachbarn zum Schwarzhören verabredet hatte. Er hat uns angezeigt und dann im Prozess gegen uns ausgesagt. Wir sind daraufhin zu zweieinhalb Jahren Zuchthaus verurteilt worden. Im späteren Verlaufe des Krieges stand auf solche Vergehen sogar die Todesstrafe."

Sewekow hatte Recht. Helmke hatte davon gehört, dass in der Endphase des Krieges Leute wegen des Abhörens von „Feindsendern", wie es damals in der Sprache der Nationalsozialisten hieß, hingerichtet worden waren.

Bach versuchte Sewekow zu provozieren: „Dann hat Ihnen Kieslich also zweieinhalb Jahre Ihres Lebens gestohlen? Ist das kein Grund, diesen Mann zu hassen und seinen Tod zu wünschen?"

Sewekow nickte, blieb dabei aber ruhig. „Das ist richtig, ich habe Kieslich gehasst, aber ich habe ihn nicht umgebracht. Dazu wäre ich auch physisch gar nicht mehr in der Lage. Ich bin über 70 Jahre alt und Kieslich zählte etwa 45 Lenze. Der wäre bei einem Angriff spielend mit mir fertig geworden, zumal ich auch schlecht sehe. Das gilt übrigens auch für meinen Nachbarn Schroeter, der ist sogar gehbehindert."

Helmke fragte: „Haben Sie einen Sohn?"

Sewekow schüttelte den Kopf. „Nein, zwei Töchter.

Die habe ich aber nicht zum Mord angestiftet – falls Sie das vermutet haben sollten."

Helmke musste grinsen. Sewekow hatte ihn durchschaut. „Wie heißen Ihre beiden Nachbarn?"

„Manfred Schroeter, das sagte ich ja schon, und Bernhard Kraiker."

Den Namen Kraiker hatte ihm der Kollege des Dorfpolizisten Drewes, der ihm nur zwei Namen genannt hatte, vermutlich ohne böse Absicht unterschlagen.

„Haben Sie Kieslich nach Kriegsende einmal darauf angesprochen, dass er sie ausspioniert hat?"

„Nein, Kieslich wohnt ja nicht mehr in seinem Haus, ich habe ihn nach dem Krieg nicht mehr gesehen."

Helmke stand auf und gab Bach dabei ein Zeichen, der sich daraufhin ebenfalls erhob. Sie verabschiedeten sich von Sewekow und traten wieder auf die Straße.

Bei dem Namen Kraiker hatte es bei Helmke geklingelt. Er musste einen Augenblick überlegen, aber dann fiel es ihm ein. Diesen Namen hatte er schon von Richter Huisken gehört, der von einem jungen Mann gesprochen hatte, der seiner Unzufriedenheit im Gerichtssaal durch laute Zwischenrufe Luft gemacht hatte.

„Wir besuchen zunächst einmal diesen Kraiker", sagte er zu Bach. „Der muss hier nebenan wohnen. Richter Huisken hat von einem Kraiker gesprochen, der während des Prozesses mehrfach für Unruhe im Gerichtssaal gesorgt hat. Vielleicht ist das ja der Sohn von Bernhard Kraiker."

160

Bach nickte. „Mmh, das könnte eine interessante Spur sein."

Die Wohnung der Familie Kraiker fanden die beiden in der oberen Etage eines Zweifamilienhauses. Es dauerte eine Weile, bis auf ihr Klingeln ein etwa sechzigjähriger Mann die Tür einen Spalt weit öffnete. Er blickte die beiden vor ihm stehenden Personen misstrauisch an.

„Ja?", fragte er kurz.

„Herr Kraiker?", fragte Helmke. Als der Mann nickte, zeigte er ihm seinen Dienstausweis und sagte: „Herr Kraiker, wir müssen uns kurz mit Ihnen unterhalten."

„Worum geht es?", fragte Kraiker.

Helmke steckte den Ausweis wieder ein. „Können wir das in Ihrer Wohnung besprechen?"

Kraiker nickte, öffnete die Tür ganz und bat die beiden Kriminalbeamten herein. Er führte Helmke und Bach in das Wohnzimmer, das mit einem Kohleofen, einem dunklen Buffetschrank, einem Sofa und drei um einen runden Tisch stehenden Stühlen ausgestattet war. An der Wand über dem Sofa hing ein Bild, das eine Heidelandschaft zeigte. Kraiker wies auf die Stühle und setzte sich selbst auf das Sofa.

„Es geht um Ihre Inhaftierung wegen Schwarzhörens zu Anfang des Krieges", sagte Helmke. „Sie sind seinerzeit von Paul Kieslich angezeigt worden?"

„Ja, das stimmt."

„Wie Sie wissen, ist Kieslich in der vergangenen Woche in Bielefeld ermordet worden."

161

Kraiker nickte.

„Wir fragen uns, wer Paul Kieslich so gehasst hat, dass er ihn umgebracht hat."

Kraiker blickte Helmke ungläubig an. „Und da sind Sie auf mich gekommen?" Er schüttelte den Kopf. „Den Weg hätten Sie sich sparen können."

„Möglicherweise, aber wir müssen alle Aspekte in Betracht ziehen. Wir waren auch schon bei Ihrem Nachbarn Sewekow."

„Dann wissen Sie ja bereits, dass Kieslich uns seinerzeit ausspioniert hat und wir deshalb eine Zuchthausstrafe absitzen mussten."

Helmke nickte. „Ja, das ist uns bekannt. Herr Kraiker, waren Sie als Zuhörer bei dem Prozess gegen Kieslich in Bielefeld anwesend?"

„Ja, ich war an mehreren Tagen im Gerichtssaal und habe mir das schlechte Schauspiel angesehen. Ich wollte Kieslichs Verurteilung miterleben, aber daraus ist ja leider nichts geworden."

„War Ihr Sohn ebenfalls in Bielefeld?"

„Ja, mein Sohn hat mich begleitet."

„Dann war Ihr Sohn mit dem Prozessverlauf und dem Urteil ebenfalls nicht einverstanden?"

Kraiker stieß die Luft ruckartig durch die Nase aus. „Wahrlich nicht, das war ja eine reine Schmierenkomödie. Kieslich und seine Zeugen haben so gelogen, dass sich die Balken bogen. Und die Richter haben das zugelassen."

Bach schaltete sich ein: „Und da haben Sie und Ihr Sohn sich überlegt, für Gerechtigkeit zu sorgen und Kieslich umzubringen?"

Kraiker schüttelte heftig den Kopf. „Nein! Natürlich nicht. Wir sind nach dem Urteilsspruch sofort zurück nach Bünde gefahren. Ein Journalist aus Bünde, mit dem mein Sohn befreundet ist, hat uns mitgenommen. Wir waren gegen 16.00 Uhr bereits wieder zu Hause."

Helmke erhob sich. „Gut, Herr Kraiker. Wir werden das überprüfen. Geben Sie uns bitte den Namen des Journalisten und sagen Sie uns, wo wir ihn erreichen können."

\*\*\*

Der Fotograf Gruber hatte die Abzüge fertig, als Helmke und Bach auf dem Rückweg von Kraiker bei ihm vorbeischauten. Die Fotos waren gelungen, die Schuhabdrücke im Schnee waren deutlich zu erkennen.

„Gut", sagte Helmke, nachdem er den Umschlag mit den Fotos eingesteckt hatte, „wir fahren jetzt zu Herrn Kotte und schauen uns einmal seine Schuhe an "

„Du glaubst, dass Kotte die Schmierereien am Fenster der Familie Worms angebracht hat?"

„Kotte, Barner oder Langemeier, wer sonst? Das erscheint doch nur logisch zu sein – oder?"

Bach nickte. „Ja, jetzt wo du es sagst … Glaubst du, dass sie im Auftrag der trauernden Witwe Kieslichs gehandelt haben, um das Ehepaar Worms aus dem Haus zu vertreiben?"

Helmke zuckte die Schultern. „Keine Ahnung. Möglich wäre es."

Da die Borriesstraße ein Stückchen weiter entfernt lag, gingen die beiden zurück zu ihrem Auto und fuhren zu der Rauchtabakfabrik. Von ihrem früheren Besuch wussten sie, wo sie Kotte finden konnten.

Rolf Kotte saß in seinem Büro. Er verdrehte etwas genervt die Augen, als er die beiden Kriminalbeamten eintreten sah. „Ist noch etwas?", fragte er. „Ich dachte, wir hätten am Freitag alles besprochen."

„Ich wollte Sie nur um eine Gefälligkeit bitten", sagte Helmke freundlich. „Könnten Sie für mich etwas auf Ihrer Schreibmaschine schreiben?" Er deutete auf die Maschine, die auf einem kleinen Tischchen hinter Kottes Schreibtisch stand. „Es dauert nicht lange."

Kotte konnte sich dieser so freundlich vorgetragenen Bitte nicht widersetzen. Er knurrte etwas Unverständliches, setzte sich dann aber an das Schreibmaschinentischchen und spannte ein Blatt Papier ein.

„Danke", sagte Helmke und lächelte, als er Kotte so dienstbeflissen vor der Schreibmaschine sitzen sah. „Schreiben Sie bitte: ‚Itzig, es wird Zeit, dass ihr von hier verschwindet. Entweder nach Palästina oder direkt in den Ofen.'"

Kotte sprang auf. „Was soll das?", fragte er erregt. „Das schreibe ich nicht."

164

„Erlauben Sie dann, dass mein Kollege Bach Ihre Schreibmaschine benutzt?" Helmke drängte den konsternierten Kotte beiseite, während sich Bach an die Schreibmaschine setzte und rasch die beiden Sätze abtippte.

Helmke riss das Blatt aus der Maschine, faltete es zusammen, schob es in einen leeren Umschlag, der auf dem Tischchen unmittelbar neben der Schreibmaschine lag, und steckte ihn ein.

„Das ist ja ungeheuerlich, was Sie sich hier leisten." Kotte schnappte nach Luft. „Ich werde mich über Sie beschweren. Sie können mir glauben, das wird für Sie nicht ohne Folgen bleiben!"

„Beruhigen Sie sich erstmal. Setzen Sie sich!" Kotte kam der mit Nachdruck vorgetragenen Aufforderung Helmkes nach.

„Sehen Sie, was war denn daran so schlimm, dass wir Ihre Schreibmaschine benutzt haben?"

Kotte schwieg.

„Unsere zweite Bitte ist vielleicht noch etwas ungewöhnlicher." Helmke reichte Bach den Umschlag mit den Fotos von den Schuhabdrücken und zog danach blitzschnell Kottes rechtes Bein hoch. Kotte war zunächst so überrascht, dass er nicht auf die Idee kam sich zu wehren. Bach konnte dadurch einen längeren Blick auf Kottes Schuhsohle werfen.

„Volltreffer", sagte Bach nach wenigen Sekunden, nachdem er das Foto mit Kottes Schuhprofil vergleichen hatte.

„Also Herr Kotte, wollen Sie sich immer noch beschweren? Exakt diesen Schuhabdruck haben wir vor einem bestimmten Fenster in der Winkelstraße gefunden. Sie wissen genau, welches Fenster ich meine – oder? Und ich bin sicher, dass unsere Kollegen aus dem Labor feststellen werden, dass der Drohbrief auf Ihrer Schreibmaschine geschrieben worden ist." Helmke blickte den konsternierten Kotte freundlich grinsend an.

Kotte sagte nichts.

„Wollen Sie nicht zugeben, dass Sie und Ihre Freunde in der letzten Nacht das Haus Ihres früheren Obersturmführers besucht haben, um der Familie Worms ein wenig Angst zu machen?"

Kotte schüttelte den Kopf. „Ich war allein dort, meine Freunde waren nicht dabei."

„‚Meine Ehre heißt Treue'. Ein SS-Mann verpfeift keine Kameraden, das ist sehr edel! Das haben Sie so gelernt – oder?" Helmke lachte. „Wir haben aber noch einen zweiten Fußabdruck gefunden. Sie hatten zumindest einen Begleiter."

Kotte blickte demonstrativ aus dem Fenster.

„Gut, Herr Kotte, das ist auch nicht unser Ressort. Wir geben unsere Erkenntnisse an die Bünder Ortspolizei weiter. Die Kollegen werden sich dann mit Ihnen unterhalten. Einen schönen Tag noch!"

Kurze Zeit später standen Helmke und Bach auf dem Parkplatz vor ihrem Auto. „Fahren wir zurück nach

Bielefeld. Zuvor sollten wir aber noch die Bünder Kollegen darüber informieren, dass Kotte für die Schmierereien und den anonymen Drohbrief verantwortlich ist."

## 9. Kapitel

### Dienstag, 8. Februar 1949

Es war kurz vor 9.00 Uhr. Helmke und Bach bereiteten sich auf die Lagebesprechung vor, als ihr Telefon klingelte. Liane Bartels stellte ein Gespräch durch. Drewes, der korpulente Polizeibeamte von der Wache in Bünde, war am anderen Ende der Leitung. Seine Stimme klang aufgeregt. „Herr Kommissar Helmke?", fragte er.

„Ja, am Telefon", gab Helmke zurück.

„Heute morgen ist hier die Leiche von Rolf Kotte gefunden worden. Ich weiß nicht, ob wir die Kollegen in Herford informieren müssen, die eigentlich zuständig sind, oder ob Sie die richtige Adresse sind, weil Sie doch in dem Mordfall Kieslich ermitteln …"

Helmke unterbrach ihn. „Wir übernehmen den Fall. Es spricht alles dafür, dass diese beiden Mordfälle zusammenhängen. Wir kommen sofort und bringen auch die Kollegen von der Spurensicherung mit. … Wo liegt die Leiche?"

„Im Steinmeisterpark. Den kennt jeder hier in Bünde."

Helmke legte auf. Zu Bach, der ihn fragend anblickte, sagte er: „Leichenfall in Bünde. Rolf Kotte ist tot. Wir fahren sofort los. Verständige die Spurensicherung, die sollen uns in ihrem Wagen folgen. Die Leiche wurde im Steinmeisterpark gefunden."

Helmke griff erneut zum Telefonhörer und wählte die

Nummer von Liane Bartels, um ihr mitzuteilen, dass Bach und er an der Lagebesprechung nicht teilnehmen könnten. Als sie ihr Büro verließen, kam ihnen auf dem Flur Kriminalrat Mähler entgegen, den Helmke kurz über den Leichenfund in Bünde informierte.

Kurze Zeit später startete Bach den Opel. Harald Coring und sein Begleiter saßen im neu angeschafften Volkswagen, der hinter dem Opel wartete.

Auf der Fahrt nach Bünde spekulierten die beiden Kriminalbeamten darüber, welche Zusammenhänge es zwischen der Bedrohung des jüdischen Ehepaars und den Morden an Kotte und Kieslich gab.

„Ich kann mir nicht vorstellen", sagte Bach, „dass die Schmierereien am Fenster und der Drohbrief direkt etwas mit den Morden an Kieslich und Kotte zu tun haben."

Helmke zögerte kurz. „Es sieht ja fast so aus, als ob ein unbekannter Rächer die Entscheidung des Gerichts korrigieren und dabei auch die meineidigen Zeugen bestrafen will, zuerst Kieslich, den Täter, und dann Kotte, den Zeugen."

Bach schaute in den Rückspiegel, um zu überprüfen, ob sich der von Coring gesteuerte Volkswagen noch hinter ihnen befand. „Wenn du Recht hast, wäre Barner das nächste Opfer. Langemeier hat ja nicht vor Gericht ausgesagt."

„Erscheint doch logisch, oder?"

Bach nickte. „Ja. Aber wer ist dieser Rächer? Der kann

doch nur im Auftrage von Wilhelm Worms handeln. Worms dürfte gestern klar geworden sein, dass er weiterhin von Kieslichs Freunden verfolgt wird."

Jetzt drehte sich Helmke nach dem VW um, der sich noch immer hinter ihnen befand. „Möglich", sagte er dann. „Wir haben aber gestern auch erfahren, dass es noch andere Menschen gibt, die Kieslich und natürlich auch seine meineidigen Zeugen gehasst haben. Wenn wir den Zeitpunkt des Todes von Kotte kennen, müssen wir die Alibis dieser Personen überprüfen."

Bach hatte inzwischen die Bielefelder Innenstadt hinter sich gelassen. Da es in der vergangenen Nacht und am Morgen nicht geschneit hatte, waren die Straßen gut zu befahren. Über Jöllenbeck, Spenge und Ahle erreichten sie Bünde.

An der Wasserbreite hielt Bach den Opel an und Helmke ließ sich von einem Passanten den Weg zum Steinmeisterpark erklären. Als sie sich dem Park näherten, sahen sie bereits eine Gruppe von Menschen am Rande eines großen, zugefrorenen Teiches stehen, der offenbar den Mittelpunkt des Parks bildete.

Bach lenkte den Opel an den Straßenrand. Hinter ihnen kam der Volkswagen zum Stehen. Während sie den Steinmeisterpark betraten, sondierte Helmke die Lage. Ortspolizist Drewes und sein Kollege standen neben einer auf dem Boden liegenden Person. In einem Abstand von etwa 15 bis 20 Metern befand sich eine Gruppe von zehn oder zwölf Personen, offenbar Schaulustige, die jetzt Helmke und seine Begleiter neugierig anstarrten, als sie sich näherten.

Drewes ging Helmkes Gruppe entgegen und berichtete kurz, dass der Tote von einem Mann gefunden worden war, der seinen Hund im Steinmeisterpark ausgeführt hatte.

„Ist dieser Mann noch da?", fragte Helmke.

„Ja, ich habe ihn gebeten dazubleiben." Drewes wies auf einen älteren Mann, der sich in einiger Entfernung mit zwei anderen Männern unterhielt. Er hielt einen größeren schwarzen Hund an einer Leine.

„Gut. Ich will ihn gleich sprechen. Zuerst schauen wir uns aber mal den Toten an." Helmke setzte sich, Bach und die beiden Kollegen von der Spurensicherung im Gefolge, wieder in Bewegung. Drei Meter vor der Leiche blieben sie stehen. Coring schob Drewes und seinen Kollegen weiter zurück.

Der Tote lag auf seiner rechten Seite. Er trug einen Mantel, der im Brustbereich blutverschmiert war. Blut war auch in den Schnee unter ihm gesickert. Helmke erkannte auf den ersten Blick, dass der Tote Rolf Kotte war, auch wenn dessen rechte Gesichtshälfte durch den Schnee verborgen wurde, der sich in den vergangenen Stunden durch den leichten Wind vor seinem Kopf angesammelt hatte. Kottes Augen waren geöffnet. Um den Toten herum befanden sich zahlreiche, zum Teil schwach verwehte Fußspuren, auch die Pfotenabdrücke eines Hundes waren zu erkennen.

Helmke trat einen Schritt zurück. „Der Tote scheint hier ja schon etwas länger zu liegen. Herr Coring, ich überlasse jetzt Ihnen das Feld."

Coring blickte seinen Kollegen von der Spurensicherung an. „Als ob da noch viel zu ernten wäre", murmelte er unzufrieden, stellte seinen Koffer ab und machte sich an die Arbeit. Sein Kollege hatte bereits eine Kamera in der Hand und begann damit Tatortfotos zu knipsen.

Helmke wandte sich an den Bünder Ortspolizisten, der neben ihm stand: „Herr Drewes, verständigen Sie doch bitte ein Bestattungsunternehmen. Der Tote muss gleich in die Gerichtsmedizin nach Bielefeld gebracht und dort untersucht werden. Das ist sehr dringlich."

Helmke drehte sich um und ging schnellen Schrittes zu dem Mann mit dem Hund, während sich sein Kollege Bach daran machte, die weiter abseits stehenden Personen zu befragen.

Der Mann mit dem Hund, den Helmke auf etwa 70 Jahre schätzte, schien schon auf ihn gewartet zu haben. Helmke schenkte dem Mann ein flüchtiges Lächeln. „Sie haben den Toten gefunden?"

„Eigentlich Theo." Der Mann zeigte auf seinen schwarzen Hund, der Helmke schwanzwedelnd begrüßte. „Ich lasse ihn morgens immer frei im Park laufen."

Helmke streckte dem Hund seine flache Hand entgegen, der vorsichtig an ihr schnupperte. Um welche Rasse es sich bei dem Tier handelte, blieb Helmke, der sich nicht sonderlich für Hunde interessierte, verborgen. „Wann etwa hat denn Ihr Theo den Toten gefunden?"

Der Mann überlegte kurz. „So gegen acht Uhr. Wir gehen jeden Morgen um acht Uhr aus dem Haus. Ich wohne dort drüben." Er zeigte auf ein größeres Haus Richtung Bismarckstraße. „Bis zum Park ist es nur ein Katzensprung."

Helmke machte sich kurze Notizen, wurde dabei aber von dem redseligen Mann unterbrochen. „Ich habe zuerst gedacht, dass es sich bei dem Toten um einen Betrunkenen handelte, habe mir aber wegen der Kälte Sorgen um den Mann gemacht und bin zu ihm hin. Ich hab' allerdings sofort gemerkt, dass er tot war. Das viele Blut und so …"

Helmke nickte. Dann fragte er: „Haben Sie den Toten angefasst?"

Der Mann schüttelte energisch den Kopf. „Nein, natürlich nicht. Man hört ja immer wieder, dass man das nicht machen soll. Ich habe auch Theo sofort von dem Toten weggezogen und habe dann die Polizei informiert, drüben vom Postgebäude aus." Er zeigte die Bismarckstraße hinauf, wo sich    wie Helmke von seinem Besuch am Freitag wusste – gegenüber der Zigarrenfabrik Weinke & Stellen das imposante Gebäude der Bünder Post befand.

„Sie haben alles richtig gemacht. Ich möchte mir nur noch Ihren Namen notieren, dann können Sie gehen."

Drewes      schien      den      Auftrag,      ein

Bestattungsunternehmen mit dem Abtransport der Leiche nach Bielefeld zu beauftragen, an seinen Kollegen weitergegeben zu haben. Er kam auf Helmke zu: „Mein Kollege kümmert sich um den Abtransport des Toten. Kann ich noch etwas für Sie tun?"

Helmke nickte. „Was wissen Sie über Rolf Kotte? … War er verheiratet? Wo wohnte er?" Er holte sein Päckchen *Eckstein* aus der Manteltasche und hielt es Drewes hin. Drewes griff zu und auch Helmke zog eine Zigarette aus dem Päckchen. Nachdem die beiden die ersten Züge genossen hatten, sagte Drewes: „Kotte war unverheiratet. Uns ist wenig über ihn bekannt."

„Wo wohnte er?"

„Gar nicht weit von hier, in der Sedanstraße."

Auf Helmkes fragenden Blick hin zeigte er in südöstliche Richtung und erklärte: „Die Sedanstraße liegt von hier aus gesehen linker Hand vom *Stadtgarten*. Sie können sie in wenigen Minuten zu Fuß erreichen."

Helmke nahm einen weiteren Zug von seiner Zigarette. „Gut, wir kommen später bei Ihnen auf der Wache vorbei."

Bach schien mit der Befragung der Schaulustigen fertig zu sein. Er gesellte sich zu Helmke und berichtete knapp: „Keiner hat etwas gesehen. Die Leute sind erst später in den Park gekommen, die waren einfach nur neugierig. So einen Leichenfund gibt es in Bünde nicht alle Tage."

Helmke hatte ein ähnliches Ergebnis erwartet. „Wir

174

sollten uns Kottes Wohnung ansehen. Vielleicht bringt uns das weiter. Sie soll ganz in der Nähe sein und ist fußläufig zu erreichen."

Bach nickte.

Bevor sie losgingen, erkundigte sich Helmke bei Coring nach der Spurenlage. „Schlecht, bis ganz schlecht", war die unzufriedene Antwort.

„Wenn hier etwas zu finden ist, dann finden Sie das", versuchte Helmke ihn zu motivieren. „Wir sehen uns jetzt die Wohnung des Toten an. Die Ortspolizei sorgt dafür, dass die Leiche nach Bielefeld in die Gerichtsmedizin geschafft wird. Wenn Sie hier fertig sind, können Sie schon zurück nach Bielefeld fahren. Wir kommen später nach."

\*\*\*

Rolf Kotte wohnte in der ersten Etage eines gepflegten alten Bürgerhauses in der Sedanstraße. Helmke wunderte sich über den Straßennamen, der an eine siegreiche Schlacht der preußischen Armee im Krieg 1870/71 gegen Frankreich erinnerte. Hier in Bünde schien man noch Wert auf Traditionen zu legen, auch wenn diese nicht mehr ganz zeitgemäß erschienen.

Helmke drückte auf die Klingel, die zur unteren Wohnung gehörte. Es dauerte eine Weile, dann wurde die Tür von einer etwa vierzigjährigen, schlanken Frau geöffnet, die die beiden Männer mit einem skeptischen

Gesichtsausdruck ansah. Sie war keine klassische Schönheit, aber durchaus als attraktiv zu bezeichnen. Die Frau hatte ein dunkles Kleid an, ihre Haare trug sie kurz in Form eines Bubikopfes.

„Ja, bitte?", fragte sie mit weicher Stimme.

„Wohnt Herr Kotte hier?", fragte Bach.

Die Frau nickte. „Ja, aber Herr Kotte ist zu Hause."

„Das wissen wir." Helmke zeigte seinen Dienstausweis. „Wir möchten uns Herrn Kottes Wohnung ansehen."

Die Frau zögerte. „Ich weiß nicht, ob ich Sie in Herrn Kottes Wohnung lassen darf. Herr Kotte ist da sehr eigen."

„Sind Sie mit Herrn Kotte verwandt?"

Die Frau schüttelte den Kopf. „Nein, ich habe nur zwei Zimmer in der oberen Etage an Herrn Kotte vermietet."

Helmke blickte rasch auf das Klingelschild, damit er die Frau mit ihrem Namen ansprechen konnte. „Frau Uhlig, wir müssen Ihnen leider mitteilen, dass Herr Kotte nicht mehr lebt."

Die Mitteilung über eine Naturkatastrophe oder einen neuerlichen Kriegsausbruch hätte bei der Frau keine heftigere Reaktion hervorrufen können. Sie zuckte zusammen und hielt sich an der Tür fest. „Herr Kotte ist tot?", fragte sie leise. „Sind Sie sicher?"

„Ja, Herr Kotte ist heute Nacht ganz in der Nähe ermordet worden. Deshalb sind wir ja hier und wollen uns

176

seine Wohnung anschauen."

Frau Uhlig, der jetzt Tränen in den Augen standen, brauchte mehrere Augenblicke, bis sie etwas sagen konnte. „Dann kommen Sie bitte herein."

Sie führte die beiden Männer in den Flur. „Warten Sie, ich hole nur rasch den Schlüssel zu Herrn Kottes Wohnung." Sie ging in ihre eigene Wohnung, kam aber schnell zurück und zeigte auf die Treppe, auf der sie Helmke und Bach den Vortritt ließ. Auf dem oberen Flur blieb sie vor einer Tür stehen, die sie mit dem mitgebrachten Schlüssel öffnete. Man konnte ihr ansehen, dass sie die Nachricht vom Tode ihres Mieters schwer erschüttert hatte. ‚Vermutlich ist da zwischen ihr und Kotte mehr als ein reines Mietsverhältnis gewesen', dachte Helmke.

Die Drei betraten einen etwa 25 Quadratmeter großen Wohnraum mit Blick zur Straße, in dem ein großer Schrank, ein runder Tisch, ein kleines Sofa und zwei Stühle standen. Eine Tür führte in ein Nebenzimmer, in dem die beiden Kriminalbeamten ein Bett, einen schmalen Kleiderschrank und eine Anrichte vorfanden, auf der ein mit Wasser gefüllter Krug sowie eine Waschschüssel standen.

„Waren Sie mit Herrn Kotte enger verbunden?", fragte Bach, der ebenfalls die Tränen in den Augen der Frau bemerkt hatte.

„Ja", sagte sie, ohne diesen Sachverhalt näher auszuführen.

Helmke blickte durch das Fenster auf die Straße, wo ein Motorradfahrer auf der unzureichend geräumten Fahrbahn die Spur zu halten versuchte. „Wann haben Sie Herrn Kotte das letzte Mal gesehen?", fragte er, ohne sich umzuwenden.

„Um kurz vor zehn Uhr gestern Abend. Als Herr Kotte das Haus verließ, sagte er noch, dass er in spätestens einer Stunde wieder zurück sein würde."

Helmke unterdrückte den Wunsch, sich eine Zigarette anzuzünden. „Wohin wollte er?"

Marianne Uhlig zuckte die Schultern. „Das hat er nicht gesagt. Er meinte nur, er wolle sich mit einem Bekannten treffen."

„Und Sie haben sich gewundert, dass er nicht zurückkam?"

„Ja, natürlich." Wieder füllten sich ihre Augen mit Tränen.

„Haben Sie eine Idee, wer ihn ermordet haben könnte? Hatte er Feinde? Hat er davon gesprochen, dass er sich bedroht fühlte?"

„Nein", sagte Marianne Uhlig entschieden. „Er hatte keine Feinde. Er war ein ehrlicher Mensch, der mit allen gut auskam."

„Sie sind alleinstehend?", fragte Bach.

Marianne Uhlig zögerte kurz. Wahrscheinlich wunderte sie sich, was diese Frage sollte. „Ja, mein Mann ist gefallen, 1943 schon. Herr Kotte und ich …, wir haben uns nach dem Kriege angefreundet."

Während sich Bach weiter mit der Frau unterhielt, inspizierte Helmke die beiden Zimmer. In dem Kleiderschrank hing ein Anzug, in einem Fach befanden sich mehrere sorgfältig zusammengelegte Oberhemden, in zwei Schubladen fand Helmke Socken und Unterwäsche. Keine Spur von irgendwelchen Dokumenten, Aufzeichnungen, Fotos oder Ähnlichem. Auch unter der Matratze und unter dem Bett wurde Helmke nicht fündig.

Im teilweise leeren Wohnzimmerschrank stieß Helmke auf ein Exemplar von Hitlers *Mein Kampf*, einige Marinebücher und mehrere Hefte der Serie *Jörn Farrow's U-Boot-Abenteuer*. Helmke zeigte auf die Bücher und blickte Marianne Uhlig an: „Ist Herr Kotte im Krieg bei der Marine gewesen?"

Die Frau nickte.

Helmke und Bach wandten sich zum Gehen. An der Haustür fragte Helmke: „Hat Herr Kotte hier in Bünde Verwandte, die man wegen seiner Beerdigung ansprechen könnte?"

Marianne Uhlig schüttelte den Kopf. „Nein, seine Eltern sind tot, Geschwister hatte er keine." Sie zögerte kurz. „Ich würde mich um seine Beerdigung kümmern", sagte sie dann.

„Gut, wir werden Sie benachrichtigen, sobald seine Leiche freigegeben wird. Haben Sie einen Telefonanschluss?"

Marianne Uhlig nickte.

Draußen auf der Straße, als sie sich bereits einige Schritte von der Haustür entfernt hatten und wieder Richtung Steinmeisterpark gingen, meinte Bach: „Die Frau scheint eine gute Partie zu sein. Sie sieht annehmbar aus, das Haus ist gepflegt, Geld scheint auch etwas vorhanden zu sein. Ne' Kriegerwitwe ist nicht das Schlechteste, was einem heutzutage über den Weg laufen kann. Bei der zur Zeit herrschenden Männerknappheit müssen die halt nehmen, was auf dem Markt ist. Da wird selbst so'n mieser Typ wie Kotte zur begehrten Ware."

Normalerweise hätte Helmke gegrinst oder noch eine anzügliche Bemerkung draufgesetzt. Jetzt aber musste er an Gabi Bongert denken und er verzichtete auf eine Erwiderung.

Als sie den Steinmeisterpark erreichten, war ihr Kollege Coring nicht mehr da, er schien seine Arbeit erledigt zu haben. Auch der tote Kotte war inzwischen abtransportiert worden. Die Schaulustigen hatten sich ebenfalls entfernt.

„Ich schlage vor, wir schauen uns Kottes Schreibtisch in seiner Firma an und sprechen mit seinen Arbeitskollegen, vielleicht finden wir da Hinweise auf seine gestrige Verabredung", sagte Bach, als er in den Opel kletterte.

Helmke zündete sich eine Zigarette an. „In Ordnung, fahren wir also zur Borriesstraße."

***

Wenige Minuten später parkten sie vor der Rauchtabakfabrik Heckmann & Co. Da sie im Eingangsbereich niemanden sahen, gingen sie die Treppe hoch zu Kottes Büro. Das Zimmer war leer.

„Ich melde uns mal an, wir können hier ja nicht einfach so hereinspazieren und das Büro auf den Kopf stellen", sagte Bach, verließ den Raum wieder und klopfte an die nächste Tür.

Helmke setzte sich an Kottes Schreibtisch und schaute sich um. Ein Schreibblock erregte sein Interesse. Vermutlich war es Kotte gewesen, der eine Zahl oder eine Uhrzeit auf den Block geschrieben hatte: „22 Uhr". Leider fehlte ein Name dazu.

In diesem Moment kam Bach mit dem Mann herein, den sie bereits bei ihrem ersten Besuch im Treppenhaus getroffen hatten.

„Das ist ja schrecklich", sagte der Mann mit dem österreichischen Akzent. Offenbar hatte ihm Bach schon erzählt, dass Kotte ermordet worden war. „Erlauben Sie, dass ich mich Ihnen vorstelle? Dr. Nowack mein Name. Ich bin der Abteilungsleiter von Herrn Kotte."

Helmke nickte dem Mann zu. „Herr Dr. Nowack, hat Herr Kotte Ihnen gegenüber jemals erwähnt, dass er sich bedroht fühlte?"

Dr. Nowack schüttelte den Kopf. Er sah ernstlich bekümmert aus. „Das hätte Herr Kotte niemals gemacht.

Er war es gewohnt, seine Dinge selbst zu regeln. Dass wir aufrechten Deutschen es in diesen Jahren schwer haben, ist ja kein Geheimnis. Denken Sie an den armen Herrn Kieslich."

Daher wehte also der Wind. Helmke blickte Bach an, der das Gespräch verfolgt hatte und jetzt die Augen verdrehte. Dr. Nowack schien das nicht bemerkt zu haben.

„Herr Dr. Nowack, wir würden uns gerne den Schreibtisch von Herrn Kotte ansehen. Möglicherweise hat sich Herr Kotte gestern Abend um 22.00 Uhr mit seinem Mörder verabredet." Helmke zeigte auf den Schreibblock. „Ist das Herrn Kottes Schrift?"

Dr. Nowack nahm die kurze Notiz in Augenschein. „Ja, das sind Herrn Kottes Zahlen."

„Wissen Sie, ob Herr Kotte gestern einen Anruf erhalten hat, etwa von einem Bekannten? Hat Herr Kotte mit Ihnen darüber gesprochen?"

Dr. Nowack schüttelte den Kopf. „Herr Kotte erhält … ich meine … er erhielt jeden Tag einige Anrufe, dienstlich. Wir haben uns darüber nur ausgetauscht, wenn es Probleme gab."

„Vielleicht hat sich Herr Kotte weitere Notizen gemacht, so dass wir in seinem Schreibtisch Hinweise auf seinen Mörder finden."

„Tun Sie das, meine Herren", erklärte Dr. Nowack. „Es wird Zeit, dass dem Treiben gewisser Kreise ein Ende gesetzt wird. Sehen Sie sich vor. Hinter den Morden an den Herren Kieslich und Kotte steht eine mächtige Organisation."

„Wovon sprechen Sie?", fragte Bach.

Dr. Nowack beugte sich nach vorn. Er dämpfte seine Stimme. „Ich spreche von der jüdischen Weltverschwörung. Lesen Sie einmal die *Protokolle der Weisen von Zion*, dann werden Sie alles verstehen."

Helmke wandte sich ab und begann mit der Durchsuchung des Schreibtisches, während Maximilian Bach Dr. Nowack nach draußen auf den Flur zog und weiter mit ihm sprach.

In und auf dem Schreibtisch befand sich vor allem geschäftliche Korrespondenz. Interessant waren – neben ein paar alten Lokalzeitungen – lediglich zwei programmatische Schriften und ein Flugblatt der rechtskonservativen *Deutschen Partei*, deren Anhänger aber, das wusste Helmke, vor allem im benachbarten Niedersachsen zu finden waren. Hinweise zur Ermittlung des Täters konnten diese Funde aber nicht liefern.

Als Helmke das Büro verließ, standen Dr. Nowack und Bach immer noch draußen auf dem Flur und unterhielten sich. Es wurde Zeit, Bach von seinem überaus mitteilsamen Gesprächspartner zu erlösen. Helmke ging auf den Abteilungsleiter zu und verabschiedete sich. „Wir sind leider nicht fündig geworden", sagte er.

„Ich wünsche Ihnen viel Erfolg bei der Ermittlung des Täters", gab Dr. Nowack zurück. Er wandte sich noch einmal an Bach: „Denken Sie an meine Worte."

Im Auto fingerte Helmke eine Eckstein aus der

183

Packung und zündete sie an. „Na, hat er dein Weltbild geradegerückt?"

„Danke, dass du mich gerettet hast", sagte Bach. „Der Typ hat nicht mehr alle Latten am Zaun." Er öffnete die Fensterscheibe, um den stärksten Zigarettenqualm nach draußen abziehen zu lassen.

„Erzähl!" Helmke nahm einen weiteren tiefen Zug.

„Na ja, Dr. Nowack ist vermutlich auch ein ehemaliger höherrangiger SS-Mann. Ich habe dem Gespräch entnommen, dass er nach dem Krieg von Wien aus nach Bünde gekommen ist, weil er sich in Wien von den örtlichen Juden verfolgt fühlte und er um sein Leben fürchtete. Verwandte seiner Frau wohnen in der Nähe Bündes. Dort ist er untergekommen."

„Und seither steigert er sich immer mehr in irgendwelche Verschwörungsfantasien, in denen die Juden nach der Weltherrschaft streben und die ‚aufrechten Deutschen' umbringen wollen – oder?"

„So ungefähr." Bach machte eine Pause. „Und du – warst du erfolgreich?"

„Nein, in Kottes Schreibtisch befand sich nichts, was auf seine gestrige Verabredung schließen lässt."

„Und jetzt?" Bach wirkte ratlos.

Helmke warf die Zigarettenkippe aus dem heruntergekurbelten Fenster. „Jetzt fahren wir zu Barner. Schließlich hat der ja auch einen Meineid geleistet und er befindet sich damit möglicherweise ebenfalls auf der Liste des Mörders."

\*\*\*

Dieses Mal öffnete Stefan Barner selber die Tür. Er blickte die beiden Kriminalbeamten überrascht an. Offenbar fiel ihm kein Grund für deren neuerlichen Besuch ein. Dennoch führte er Helmke und Bach, ohne nach dem Anlass ihres Besuches zu fragen, in das Wohnzimmer, das mit Möbeln aus dem vergangenen Jahrhundert ausgestattet war. Barners Vater schien diese Möbelstücke gesammelt zu haben. Stefan Barner bedeutete den beiden Platz zu nehmen und fragte, ob er ihnen einen Kaffee anbieten dürfe, er habe gerade Kaffee gekocht.

Helmke und Bach nickten gleichzeitig.

Als der Kaffee vor ihnen stand und alle drei an ihrer Tasse genippt hatten, blickte Barner die beiden Kriminalbeamten erwartungsvoll an.

„Herr Barner, wir sind hier, weil Rolf Kotte gestern Abend ermordet worden ist." Helmkes abrupte Gesprächseröffnung ließ Barners Gesichtszüge einfrieren. „Rolf – ermordet?", fragte er, um sich zu vergewissern richtig gehört zu haben.

„Ja, gestern Abend im Steinmeisterpark. Seine Leiche wurde erst heute Morgen gefunden." Helmke griff erneut nach seiner Tasse. „Haben Sie eine Idee, wer Ihrem Freund Kotte nach dem Leben getrachtet haben könnte?"

Barner schüttelte den Kopf.

„Denken Sie nach, Herr Barner, das könnte für Sie lebenswichtig sein."

„Wie meinen Sie das?"

Helmke nahm einen Schluck Kaffee und stellte die Tasse wieder zurück auf den Tisch. „Nun ja, wir sehen einen Zusammenhang zwischen der Ermordung Ihres früheren Obersturmführers und dem Mord an Rolf Kotte. Ausgangspunkt wäre dann der Prozess, bei dem Sie und Kotte einen Meineid geleistet haben – oder? Vermutlich ist irgendjemand mit dem Ergebnis des Prozesses nicht einverstanden und möchte jetzt für ‚Gerechtigkeit' sorgen."

Dieser Gedankengang schien Barner zu überraschen. „Sie glauben, dass ich das nächste Ziel des Mörders sein könnte?", fragte er.

Helmke zuckte mit den Achseln. „Ganz ausschließen kann man das sicherlich nicht. Wenn wir uns in den Täter hineinversetzen, so ist das sicherlich eine mögliche Erklärung für die Morde. … Darum, Herr Barner, denken Sie noch einmal nach: Wer könnte die beiden Morde begangen haben?"

„Ich weiß es nicht." Barner stand auf und ging im Zimmer umher. „Ich kann es mir nicht erklären."

„Gut, aber noch einmal zurück zu dem Prozess", Helmke blickte Barner an, „Sie haben bislang noch nicht eingeräumt, dass Kotte und Sie einen Meineid geleistet haben. Für unsere Ermittlungen wäre es schon wichtig zu erfahren, ob das wirklich stimmt. Das ist ja bislang nur eine Vermutung von uns. Also?"

Barner zögerte. „Dazu werde ich jetzt nichts sagen, da auf Meineid eine hohe Strafe steht. Wenn Sie zwischen den Zeilen lesen können, haben Sie damit aber die Antwort erhalten."

„In Ordnung, damit können wir unsere Ermittlungen stärker konzentrieren." Helmke trank die Tasse leer und erhob sich. „Eine letzte Frage haben wir noch, Herr Barner, wo waren Sie gestern Abend gegen 22.00 Uhr?"

Barner runzelte die Stirn, da ihm sofort die Tragweite der Frage bewusst wurde. „Da war ich arbeiten, ich arbeite seit Anfang der Woche in der Spätschicht, die ist erst um Mitternacht zu Ende. Sie glauben doch jetzt nicht, dass … "

Helmke schüttelte den Kopf. „Nein, das war eine reine Routinefrage. Herr Barner, passen Sie auf sich auf, seien Sie vorsichtig."

Barner nickte und geleitete die beiden Kriminalbeamten zur Haustür. Als Helmke und Bach hinausgingen, sagte Barner halblaut: „Seien Sie sicher, ich werde mich vorsehen."

Es war kurz vor Mittag. Die Sonne schien. Helmke hatte den Eindruck, als setze langsam Tauwetter ein, jedenfalls tropfte das Wasser von den Eiszapfen, die unter den Dachrinnen hingen. Es wurde auch Zeit, dass der Schnee endlich schmolz. Vielleicht war ja das Tauwetter auch ein gutes Omen für die Lösung ihres schwierigen Falles.

Die beiden Kriminalbeamten standen jetzt an der Ecke Eschstraße/Bismarckstraße und blickten die Straße hinunter, wo sich in zwei- oder dreihundert Metern Entfernung, von der Bismarckbrücke überquert, die noch zugefrorene Else durch die Niederung schlängelte.

„Der Steinmeisterpark ist übrigens von den beiden Wohnungen von Kotte und Barner etwa gleich weit entfernt", bemerkte Bach. „Wenn sich die beiden verabredet hätten, wäre der Steinmeisterpark der ideale Treffpunkt gewesen."

Helmke grinste. „Daran habe ich auch schon gedacht. Kottes Vermieterin sprach ja auch davon, dass sich Kotte mit einem Bekannten treffen wollte. Wir sollten einmal überprüfen, ob Barner tatsächlich um 22.00 Uhr noch gearbeitet hat."

***

Bis zur Zigarrenfabrik Weinke & Stellen war es nur ein Katzensprung. Langemeier saß in seiner Pförtnerloge und hatte offenbar nicht viel zu tun, denn er beschäftigte sich gerade mit einem Kreuzworträtsel. Er lächelte, als er die beiden Kriminalbeamten sah. „Griechische Gottheit mit sechs Buchstaben?", fragte er zur Begrüßung. Ehe Helmke antworten konnte, hatte Bach bereits „Hermes" gesagt.

Langemeier schüttelte den Kopf. „Passt nicht."

Jetzt war Helmke an der Reihe: „Versuchen Sie es mal

mit Athene."

Langemeier blickte auf sein Rätsel. „Richtig", sagte er dann und grinste etwas breiter. Bach guckte enttäuscht.

„Herr Langemeier, wir kommen aus einem ernsten Anlass hier vorbei. Vermutlich haben Sie noch nicht davon gehört, dass Rolf Kotte tot ist – oder?"

„Nein, das habe ich nicht." Langemeier schaute die beiden Kriminalbeamten entgeistert an. „Was ist passiert?"

„Herr Kotte wurde gestern Abend ermordet. Man hat ihn heute Morgen im Steinmeisterpark gefunden."

„Und – ist der Täter schon bekannt?"

Helmke schüttelte den Kopf. „Leider nicht. Herr Langemeier, wir waren eben bereits bei Herrn Barner. Wir gehen davon aus, dass zwischen den Morden an Paul Kieslich und Rolf Kotte Zusammenhänge bestehen. Auch wenn Sie es vermutlich nicht zugeben werden, so haben Kotte und Barner vor Gericht Meineide geleistet. Wir vermuten, dass der oder die Täter einen Rachefeldzug gestartet haben. Wir wollen auch Sie warnen."

Langemeier schien irritiert. „Im Unterschied zu Rolf und Stefan habe ich vor Gericht nicht ausgesagt. Damit habe ich nichts zu schaffen."

Bach schaltete sich ein. „Das stimmt. Von außen gesehen könnte aber der Eindruck bestehen, dass Sie mit zur Kieslich-Gruppe gehören, da Sie gemeinsam mit Kieslich, Kotte und Barner in Bielefeld gefeiert haben."

Langemeier dachte einen Augenblick lang nach.

„Gut", sagte er, „was soll ich tun?"

Helmke zuckte mit den Achseln. „Sehr vorsichtig sein, immer darauf achten, wer sich in Ihrer Nähe befindet. Sie sollten Örtlichkeiten meiden, die gefährlich sind, weil keine anderen Menschen in der Nähe sind."

Langemeier nickte. „Das lässt sich einrichten."

Helmke tippte an seine Hutkrempe und wandte sich zum Gehen. An der Tür drehte er sich noch einmal um und fragte Langemeier: „Wo waren Sie gestern Abend gegen 22:00 Uhr?"

Langemeier blickte ihn verwundert an. „Wurde Kotte um diese Zeit ermordet?"

„Vermutlich."

Langemeier seufzte. „Ich war zu Hause. Ich wohne mit meiner Mutter zusammen. Aber die hat um 22.00 Uhr schon geschlafen. Ein Alibi, so wie Sie das nennen, habe ich dann ja wohl nicht – oder?"

***

Zur Mittagsmahlzeit waren sie wieder im Hotel *Schierholz* gelandet. Als Nachtisch hatten sie sich Kaffee und Käsekuchen bestellt.

Helmke schob den leeren Kuchenteller weiter auf den Tisch und zündete sich eine *Eckstein* an. „Der Täter muss hier aus Bünde kommen", sagte er. „Alles andere ergibt keinen Sinn."

Bach nickte. „Wir sollten einmal überlegen, wer von

den Meineiden Kenntnis hatte."

Helmke zog den Aschenbecher mit der Aufschrift „Dortmunder Union Brauerei" näher zu sich heran. „Das Ehepaar Worms wusste es, daneben aber sicherlich mehrere andere Bünder, die seinerzeit als Zuschauer beim Brand des Hauses dabei waren. Einige dieser Leute müssen auch Kieslich gesehen haben. Deshalb war ihnen klar, dass Kieslichs Zeugen vor Gericht einen Meineid geleistet haben."

Bachs Stirn legte sich in Falten. „Ja, vermutlich. Das kann aber kein hinreichendes Tatmotiv sein. Der oder die Täter müssen auch ein persönliches Motiv haben, um mit Kieslich und Kotte abzurechnen. Ich will damit sagen, dass Kieslich und Kotte dem Täter oder einem seiner Angehörigen zuvor massiven Schaden zugefügt haben müssen."

Helmke drückte seine Zigarette aus und winkte dem Kellner. „Damit wären wir wieder bei Sewekow, Kraiker, Schroeter und Bloss – oder?"

Bach nickte. „Du sagst es. … Hast du eigentlich schon den Journalisten erreicht, um nachzufragen, ob er Vater und Sohn Kraiker am Mittwoch tatsächlich mit zurück nach Bünde genommen hat?"

Helmke schüttelte den Kopf. „Bislang noch nicht. Das steht aber ganz oben auf meiner Liste, wenn wir wieder in Bielefeld sind."

„Mit Emil Kraiker haben wir noch gar nicht gesprochen."

„Stimmt." Helmke hatte noch Lust auf eine zweite Zigarette nach dem Essen. Er fingerte eine aus der Packung. „Wir fahren gleich noch einmal bei der Familie Kraiker vorbei. Vielleicht treffen wir heute den Sohn an."

„Und ich hoffe, dass uns der Bericht der Spurensicherung dieses Mal wirklich weiterhelfen kann."

Helmke verzog sein Gesicht. „Da wäre ich nicht so optimistisch. Hast du dir den Tatort angesehen? Ich glaube, brauchbare Fußspuren dürften Mangelware sein. Eine Tatwaffe war auch nicht da." Er zündete sich die Zigarette an.

„Ich glaube, mit dem Motiv liegen wir richtig", sagte Bach, „aber damit sind wir dem Täter noch keinen Schritt näher gekommen. … Fritz Sewekow, Bernhard Kraiker, Manfred Schroeter und Wilhelm Bloss sind alte Männer, Karl Bloss ist, obgleich er früher einmal Boxer war, vermutlich ebenfalls nicht mehr in der Lage, sich an Kieslich zu rächen. Für den Mord an Kotte hätte er auch kein Motiv gehabt, ebenso wenig wie Sewekow und Kraiker. Der dritte Schwarzhörer, Schroeter, ist gehbehindert, auch der kommt als Täter wohl nicht in Frage. Wer bleibt dann übrig?"

„Eigentlich nur noch der junge Kraiker." Helmkes Schlussfolgerung klang aber nicht überzeugend. Er schien an seinen eigenen Worten zu zweifeln. „Er könnte es Kieslich heimgezahlt haben, dass der seinen Vater hinter Gittern gebracht hat. Emil Kraiker hat sich ja auch

schon während des Prozesses kaum zurückhalten können. … Aber was ist dann mit dem Mord an Kotte? Was
hat ihm Kotte getan?"

Bach zuckte die Achseln.

***

Helmke und Bach hatten Glück. Emil Kraiker war zu
Hause. Sie wurden von Frau Kraiker in das Wohnzimmer geführt, wo Emil Kraiker am Tisch saß und mit seinem Vater lautstark diskutierte. Die beiden schienen keineswegs einer Meinung zu sein. Worum es ging,
bekamen Helmke und Bach allerdings nicht mit. Beide
blickten auf und verstummten, als Helmke und Bach
eintraten.

Helmke nickte Bernhard Kraiker zu und wandte sich
dann an den jungen Kraiker: „Schön, dass wir Sie heute
antreffen, Herr Kraiker. Wir haben ein paar Fragen an
Sie."

Emil Kraiker zuckte die Achseln. Sein Vater sah es als
ein Gebot der Höflichkeit an und wies auf die beiden
Stühle, die ebenfalls am Tisch standen. Helmke und
Bach setzten sich.

„Herr Kraiker", begann Helmke, „Sie haben ja den
Prozess in Bielefeld miterlebt. Wie war Ihr Eindruck?"

Emil Kraiker lachte. „Das war kein Prozess, das war
eine Farce. Das war wie ein Freisler-Prozess, nur umge-
kehrt."

Helmke runzelte die Stirn. „Was meinen Sie damit?"
Er wusste, dass Roland Freisler Präsident des Volksgerichtshofes gewesen war und die Hitler-Attentäter während des Prozesses auf gemeinste Art und Weise gedemütigt und anschließend zum Tode verurteilt hatte.

„Na, die Richter haben nur nach entlastenden Aussagen für die Angeklagten gesucht, es hat nicht viel gefehlt und sie hätten den Nazi-Landrat auch noch freigesprochen. Einzig der Staatsanwalt hat sich bemüht, die Wahrheit herauszufinden."

Helmke schüttelte den Kopf. „Herr Kraiker, ich habe mit Richter Huisken gesprochen. Ich hatte dabei nicht den Eindruck, dass er …"

„Ich hatte einen ganz anderen Eindruck", unterbrach ihn Kraiker. „Wir haben zudem ein wenig recherchiert. Huisken war in der NSDAP und Kieslichs Rechtsanwalt Büssing ist während der Nazizeit förderndes Mitglied der SS gewesen, dem hätte man die Zulassung entziehen müssen, der hätte gar nicht mehr vor Gericht auftreten dürfen. Sie hätten mal sehen sollen, wie er und Richter Huisken während der Verhandlung harmonisch zusammengearbeitet haben."

„Wer ist ‚wir'?"

Emil Kraiker drückte seinen Rücken durch. „Na, die ‚Vereinigung der Verfolgten des Naziregimes'", sagte er voller Stolz. „Wir wollen dafür sorgen, dass die Opfer des NS-Regimes – wer es auch sei – nicht vergessen werden, dass sich eine solche Diktatur nicht wiederholt und dass die Opfer für das in der Nazizeit erlittene Unrecht natürlich auch entschädigt werden."

„Das sind ja ehrenwerte Ziele." Bach beugte sich nach vorn. „Sie wollen nicht etwa selbst für Gerechtigkeit sorgen, wenn Gerichte Ihrer Einschätzung nach zu Fehlurteilen kommen?"

„Was meinen Sie damit?" Kraiker blickte Bach fragend an.

„Na ja, dass Sie Gerichtsurteile, die Sie als ungerecht empfinden, mit Ihren Mitteln korrigieren wollen. Konkret heißt das, dass dann Sie die Bestrafung der Täter übernehmen."

Kraiker schüttelte den Kopf und machte mit der Hand eine abwehrende Bewegung. „Das ist Unsinn. Gegen solche Urteile muss man natürlich mit rechtsstaatlichen Mitteln vorgehen."

Helmke schaltete sich wieder ein. „Herr Kraiker, gestern Abend ist Rolf Kotte hier in Bünde ermordet worden."

Diese Mitteilung ließ Kraiker unberührt, sein Blick wanderte zwischen den beiden Kriminalbeamten hin und her. „Und jetzt glauben Sie, dass ich der Täter bin?", schlussfolgerte er, während er die beiden Kriminalbeamten angrinste.

Helmke ließ sich nicht provozieren. „Wir sind Kriminalpolizisten, keine Geistlichen. Wir glauben nicht, für uns zählen nur Fakten. Wie haben Sie den gestrigen Abend verbracht?"

„Ich war krank, bin deshalb auch nicht zur Spätschicht gegangen."

„Wo arbeiten Sie?"

„Bei der Firma Imperial."

Bach runzelte die Stirn: „Dann sind Sie ein Kollege
von Stefan Barner?"

„Ja, wir arbeiten normalerweise in derselben Schicht."
Kraiker machte eine kurze Pause, dann stellte er richtig:
„Barner ist aber nicht mein Kollege, Barner ist ein mein-
eidiger Faschist."

Helmke nahm den Gesprächsfaden wieder auf: „Sie
waren gestern also krank? Sie haben demnach das Haus
nicht verlassen? Auch gestern Abend so gegen 22:00 Uhr
nicht?"

Kraiker schüttelte den Kopf. „Nein, habe ich nicht. Ich
war heute morgen schon beim Arzt. Es geht mir bereits
etwas besser und ich denke, dass ich nachher zur Spätschicht gehen kann."

„Gut, Herr Kraiker, was haben Sie am vergangenen
Mittwoch nach der Urteilsverkündung gemacht?"

„Ich bin mit meinem Vater zurück nach Bünde gefahren. Weshalb fragen Sie?"

Helmke ließ die Gegenfrage unbeantwortet. Stattdessen fragte er selbst: „Kennen Sie die Gaststätte *Enzian* in
Bielefeld?"

„Nein, wo soll die sein?"

Helmke ließ die Frage unbeantwortet und stand auf.
„Herr Kraiker, das wäre es vorerst. Wenn sich weitere

Fragen ergeben sollten, melden wir uns bei Ihnen."

Bernhard Kraiker, der während des gesamten Gesprächs geschwiegen hatte, begleitete Helmke und Bach zur Tür. Auch jetzt kam nur ein kurzes „Wiedersehen" über eine Lippen.

„Vater und Sohn scheinen politisch nicht immer einer Meinung zu sein, aber uns mögen sie beide nicht." Helmke zündete sich eine Zigarette an, als er mit Bach wieder auf der Straße stand.

Bach nickte. „In dem Gespräch zwischen Vater und Sohn ging es vermutlich um Politik. Der alte Kraiker ist ja, wie wir wissen, Sozialdemokrat, den jungen Kraiker würde ich eher bei den Kommunisten sehen."

\*\*\*

Der abschließende Besuch auf der Bünder Polizeiwache erbrachte keine neuen Erkenntnisse. Drewes und sein Kollege hatten lediglich herausgefunden, dass Kotte während der Nazizeit Scharführer im Bünder SS-Sturm gewesen war und sich nach der „Machtergreifung" einige Male an Boykotten gegen jüdische Geschäfte beteiligt hatte.

Auf der Rückfahrt nach Bielefeld unterhielten sich Helmke und Bach weiter über den Fall. „Schon seltsam, dass der junge Kraiker gestern Abend nicht an seinem Arbeitsplatz war", meinte Bach, „so krank sah der gar nicht aus."

Helmke grinste. „Da hast ja gehört, es ging ihm heute Morgen bereits wieder besser."

„Wer's glaubt."

„Wir sind keine Geistlichen", wiederholte Helmke einen Satz aus dem mit Kraiker geführten Gespräch und lachte, „Glaube ist bei unserer Arbeit keine hilfreiche Kategorie."

„Diese ‚Vereinigung der Verfolgten des Naziregimes' mag ja eine ehrenwerte politische Organisation sein, aber in solchen Gruppen sammeln sich immer auch radikale Kräfte mit zum Teil obskuren Ideen."

„Hältst du Emil Kraiker für einen solchen Menschen?"

Bach zuckte die Schultern, während er den Opel einen Gang höher schaltete. „Er ist zumindest jung und idealistisch, da kann schon mal die Begeisterung überborden und in die falsche Richtung gehen."

„Du bist auch jung", sagte Helmke und lächelte süffisant.

Bach räusperte sich, verzichtete aber auf eine Erwiderung.

Die Straßen waren jetzt frei, zwischen Bünde und Enger herrschte wenig Verkehr und Bach beschleunigte den Opel weiter. Auch die Straße, die von Enger nach Schildesche führte, ließ sich gut befahren. Eine gute halbe Stunde später bogen sie in den Hof des Präsidiums ein.

Die Uhr zeigte halb Vier, als die beiden ihr Büro

betraten. Auf Helmkes Schreibtisch lag ein Umschlag, in dem sich eine Durchschrift des Schwurgerichtsurteils befand, das ihm Dr. Huisken versprochen hatte. Die Verschriftlichung des Urteils hatte lange gedauert, aber das hatte Huisken ja schon angedeutet. Die Urteilsschrift umfasste mehr als 30 mit der Maschine beschriebene Seiten und gab – wie Helmke nach kurzem Blättern feststellen konnte – einen relativ genauen Überblick über den Verlauf des Prozesses inklusive der Namen und Aussagen der wichtigsten Zeugen. „Das sollten wir so schnell wie möglich lesen, vielleicht stoßen wir dabei auf wichtige Hintergründe", sagte er und wedelte mit den Blättern.

Bach nickte. „Zuerst frage ich aber bei der Firma Imperial nach, ob Barner gestern tatsächlich bis 24.00 Uhr gearbeitet hat. Und dann rufe ich diesen Journalisten von der *Freien Presse* an, der die beiden Kraikers am Mittwoch mit zurück nach Bünde genommen haben soll. Wie heißt der?"

Helmke kramte sein Notizbuch aus seinem Jackett: „Urs Windmann", sagte er, nachdem er die letzten Seiten durchgegangen war.

Während Bach zum Telefon griff und sich zunächst mit Barners Arbeitsstelle verbinden ließ, zündete sich Helmke eine Zigarette an und nahm dann die Urteilsschrift zur Hand. Sorgfältig las er Seite für Seite. Die Aussagen von Kotte und Barner waren für den Freispruch Kieslichs entscheidend gewesen. Langemeiers

Name tauchte in der Urteilsschrift nicht auf. Indirekt konnte man aus dem Urteil herauslesen, dass Büssing, Kieslichs Verteidiger, sehr raffiniert vorgegangen war. Emil Kraiker hatte nicht ganz unrecht, alle strittigen Punkte waren zugunsten Kieslichs gewertet worden. Helmke konnte jetzt die Enttäuschung von Wilhelm und Erna Worms gut nachvollziehen.

Mit halbem Ohr verfolgte Helmke beim Lesen der Urteilsschrift die von Bach geführten Telefongespräche. Die Firma Imperial schien Barners Angaben zu bestätigen, das legte jedenfalls Bachs enttäuschtes Gesicht nahe. Bach ließ den Hörer auf die Gabel fallen, besann sich kurz und ließ sich dann mit dem Journalisten Windmann verbinden. Helmke bekam mit, dass Bach mehrfach nachfragte und Windmann auf die Relevanz und Konsequenzen seiner Aussage hinwies.

Nachdem Bach das Telefongespräch beendet hatte, blickte er Helmke triumphierend an. „Emil Kraiker hat gelogen", sagte er. „Windmann hat nur den alten Kraiker zurück mit nach Bünde genommen. Der junge Kraiker ist in Bielefeld geblieben. … Windmann wollte zuerst nicht die ganze Wahrheit sagen, vermutlich um seinen Freund zu schützen. Ich musste ihm erst klarmachen, dass er sich, wenn er etwas verschweigt, zum Mitwisser an einem Mord machen könnte."

„Und was ist mit Barner?"

„Barner hat tatsächlich bis um 24.00 Uhr gearbeitet. Sein Meister hat mir das bestätigt."

„Gut", sagte Helmke. „Durch die Aussage der beiden Eickhoffs steht aber fest, dass der junge Kraiker nicht im Schankraum des *Enzian* gewesen ist. Es ist natürlich möglich, dass er, von außen kommend, Kieslich auf der Toilette überrascht hat. Aber wie wahrscheinlich ist das?" Er machte eine Pause, blickte Bach an und fuhr fort, bevor Bach antworten konnte: „Kraiker wird auch gesehen haben, dass sich Kieslich in der Begleitung von Stefan Barner, seinem Arbeitskollegen, befand. Demzufolge war das Risiko, von Barner erkannt zu werden, für Kraiker sehr hoch. Das spricht eigentlich alles gegen eine Täterschaft Kraikers."

Man konnte Bach ansehen, dass er Helmkes Überlegungen nicht teilte. „Aber dennoch: Kraiker hat gelogen. Er ist am Mittwoch vergangener Woche nach dem Prozess in Bielefeld geblieben. Das dürfte eine Inhaftnahme rechtfertigen."

Helmke nickte leicht. „Du hast Recht, vermutlich würden wir einen Haftbefehl für Kraiker bekommen. Für mich spricht aber zu viel dagegen, dass er die Morde begangen hat. Wir sollten noch abwarten und ihn morgen mit seiner Falschaussage konfrontieren. Fluchtgefahr besteht meines Erachtens bei ihm nicht."

Bach schüttelte den Kopf. „Wie kannst du dir da so sicher sein? Er kann sich doch ausrechnen, dass wir seine Aussagen überprüfen werden. Vielleicht befindet er sich jetzt schon auf der Flucht."

Helmke lächelte milde. „Glaube mir, in diesem Fall

irre ich mich nicht. Der junge Kraiker ist kein Doppelmörder, aber wir müssen natürlich herausfinden, was er
am vergangenen Mittwoch in Bielefeld getrieben hat.
Morgen sehen wir weiter."

Bach zuckte die Achseln. Er versuchte nicht, seine Un-
zufriedenheit mit dieser Entscheidung zu verbergen.
Wenn es nach ihm gegangen wäre, hätten sie den jungen
Kraiker noch heute verhaftet.

## 10. Kapitel

**Mittwoch, 9. Februar 1949**

Der Obduktionsbericht und der Bericht der Spurensicherung lagen schon auf Helmkes Schreibtisch, als er morgens zeitgleich mit Bach das Büro betrat. Offenbar hatten die Kollegen die Berichte noch am Vorabend vorbeigeschickt.

Nachdem sie ihre Hüte abgelegt und ihre Mäntel aufgehängt hatten, zeigte Helmke auf die beiden Mappen. „Welchen Bericht möchtest du zuerst haben?" fragte er grinsend.

Bach zuckte mit den Schultern. „Ist mir gleich, ich muss ja doch beide lesen."

Helmke griff nach dem Obduktionsbericht und reichte ihn an Bach weiter. Er selber schlug die Mappe mit dem Bericht der Spurensicherung auf und war bereits nach kurzer Lektüre enttäuscht. Coring hatte sich zwar alle Mühe gegeben, wirklich Verwertbares hatte er aber nicht gefunden, obgleich er viele Spuren aufgelistet und mit Fotos belegt hatte: ältere Schuhabdrücke im Schnee, die Pfotenspuren vom Hund sowie die Abdrücke seines Herrchens und die der Schaulustigen, die sich dem Toten genähert hatten, als die Ortspolizisten den Tatort noch nicht abgesperrt hatten. Spuren eines Kampfes hatte es nicht gegeben. Der Täter musste Kotte ohne Warnung niedergestochen haben. An der Kleidung des Toten hatte Coring nichts gefunden, was Rückschlüsse auf den Täter ermöglicht hätte. Der Täter hatte lediglich das blutige Messer an der Hose des Toten abgewischt. Die Tatwaffe blieb verschwunden. Einzig interessant war, dass auch Kotte eine Waffe, eine Walther PPK, mit sich geführt hatte. Die hatte noch gesichert in seiner Manteltasche gesteckt.

„Sieht mau aus", sagte er, an Bach gewandt, „Spuren, mit denen wir weiterarbeiten könnten, sind nicht vorhanden."

„Der Obduktionsbericht gibt auch nicht viel her", entgegnete Bach nach seiner Lektüre, „der Messerstich, ins Herz wie bei Kieslich, lässt auf den gleichen Täter schließen, einen Rechtshänder. Den Todeszeitpunkt zu ermitteln, war wegen des Nachtfrostes schwierig. Dr. Weidlich legt sich aber nach Abwägung aller Gesichtspunkte auf einen Zeitraum zwischen 22:00 und 24:00 Uhr fest, das passt ja auch zu den Aussagen von Kottes Vermieterin."

Helmke stöhnte. „Um kurz nach 24.00 Uhr hätte auch Barner am Tatort sein können."

„Das ist aber eher unwahrscheinlich. Weshalb hätte Kotte dann schon um 22.00 Uhr seine Wohnung verlassen sollen? Um sich bei der Kälte zwei Stunden lang die Beine in den Bauch zu stehen? Außerdem steht auf dem Zettel, den du in Barners Büro gefunden hast, ‚22.00 Uhr'."

Helmke nickte. „Du hast Recht. Dass Kotte eine Pistole in seiner Manteltasche hatte", sagte er, „deutet

204

darauf hin, dass er sich einer möglichen Gefahr bei dem Treffen bewusst war. Er scheint aber vom Täter überrumpelt worden zu sein, denn die Waffe war noch gesichert."

Bach zeigte auf die Mappe. „Kotte kannte also seinen Mörder und wusste zudem, dass dieser Mann auch für ihn gefährlich werden konnte. Daraus folgt, dass Kotte vermutlich wusste oder ahnte, dass sein Gesprächspartner der Mörder von Kieslich war."

Helmke zündete sich eine Zigarette an. „Das ist der einzig mögliche logische Schluss. Aber bringt uns diese Erkenntnis weiter?"

\*\*\*

Nach der obligatorischen Lagebesprechung beratschlagten Helmke und Bach bei Kaffee und einer Zigarette über ihr weiteres Vorgehen.

„Wir müssen noch einmal nach Bünde. Emil Kraiker hat gelogen, das ist sicher", sagte Helmke. „Wenn er uns keine hinreichende Erklärung für seine Falschaussage geben kann, sollten wir ihn festnehmen. Er hat kein belastbares Alibi für den Mord an Kotte und ein vorgetäuschtes Alibi für den Mord an Kieslich. Das sollte für eine Festnahme reichen. Dennoch glaube ich …"

In diesem Augenblick klingelte das Telefon. Helmke nahm den Hörer von der Gabel und meldete sich. Am anderen Ende war Liane Bartels. „Herr Helmke, warten

Sie, ich verbinde."

Nach dem Knacken hörte Helmke die Stimme von Ursula Kieslich. „Kommissar Helmke?", fragte sie, „hier spricht Ursula Kieslich."

„Ja, am Apparat. Frau Kieslich, wie kann ich Ihnen helfen?"

„Herr Kommissar, … ich habe mir gestern die Post meines Mannes angesehen und dabei habe ich einen Brief gefunden, in dem mein Mann bedroht wurde. Vielleicht können Sie vorbeikommen, ich möchte Ihnen diesen Brief gerne zeigen."

Helmke stieß einen leisen Pfiff aus, der Bach neugierig aufblicken ließ. „Natürlich, Frau Kieslich, wir sind heute morgen ohnehin in Bünde. Den Brief würde ich mir gerne ansehen. Wir sind in etwa einer Stunde bei Ihnen."

„Danke."

Helmke legte auf, drückte seine Zigarette aus und informierte Bach über den Inhalt des Anrufes.

Kurze Zeit später saßen sie im Opel. Draußen taute es. Das Ende des Winters schien eingeläutet. Die Eiszapfen an den Dachrinnen waren weitgehend abgeschmolzen, die Schneehaufen auf den Bürgerssteigen waren kleiner geworden, ein schmutziges Grau bestimmte jetzt das Bild der Umgebung. Auf den Straßen lag hellbrauner Sulz, der von den Reifen der Autos immer weiter zermahlen wurde.

Die Fahrt nach Bünde verlief ereignislos. Als Bach

bereits den Blinker gesetzt hatte, um in die Fünfhausenstraße einzubiegen, wo die Familie Kraiker wohnte, forderte Helmke ihn auf, geradeaus weiter in die Bahnhofstraße zu fahren. „Ich habe mir gerade überlegt, dass wir zunächst Frau Kieslich aufsuchen sollten. Ich würde mir gerne diesen Drohbrief ansehen", erklärte er.

Bach wollte protestieren, tat dann aber wie ihm geheißen. Er parkte den Opel vor dem Haus in der Bahnhofstraße, in dem die Kieslichs zweieinhalb Zimmer unter dem Dach bewohnten.

Ursula Kieslich, ganz in Schwarz gekleidet, öffnete zögernd die Wohnungstür. Als sie die beiden Kriminalbeamten erkannte, lächelte sie vorsichtig und schob die Wohnungstür weiter auf. Helmke und Bach traten ein und wurden von der Frau in das kleine Wohnzimmer geführt. Die Wand, an der Helmke vor ein paar Tagen ein Portraitfoto von Heinrich Himmler zu sehen geglaubt hatte, war jetzt leer, man konnte aber noch erkennen, dass dort einmal ein gerahmtes Bild gehangen hatte. Auf der kleinen Anrichte stand ein mit Trauerflor versehenes Foto von Paul Kieslich in SS-Uniform, die ihn als Obersturmführer auswies. Daneben waren einige Fotos aus dem Krieg aufgestellt, die Paul Kieslich mit Kriegskameraden zeigten. Ein Foto von Paul und Ursula Kieslich als Ehepaar konnte Helmke nicht entdecken.

Die beiden Kriminalbeamten setzten sich. Ursula Kieslich wollte neben ihnen Platz nehmen, schien sich dann aber an ihre Gastgeberinnenrolle zu erinnern und fragte: „Darf ich Ihnen einen Kaffee anbieten?"

Als Helmke und Bach nickten, ging sie in die kleine Küche und machte sich daran, Wasser zu erhitzen. Helmke sah sich die Fotos auf der Anrichte genauer an. Auf einem der Fotos stand Kieslich in Offiziersuniform, von einigen Soldaten umringt, vor einem größeren Gebäude. Helmke vermutete, dass das Foto in Russland oder in der Ukraine aufgenommen worden war. Die teilweise an einer Hauswand zu erkennende Schrift deutete zumindest darauf hin. Nicht dieser Sachverhalt erregte seine Aufmerksamkeit, sondern ihm fiel sofort einer der Soldaten ins Auge. Es war ein athletischer, gutaussehender blonder Mann, der neben Kieslich stand und lächelte.

Helmke deutete auf das Foto und blickte dabei Bach an. „Kennst du diesen Mann?"

Bach betrachtete das Foto einen kurzen Augenblick. Er runzelte die Stirn. „Du meinst, das ist Horst Langemeier?"

Helmke nickte. „Da bin ich mir ziemlich sicher."

Als Ursula Kieslich mit einem Tablett hereinkam, auf dem sich drei Kaffeetassen und eine kleine Schale mit Zucker befanden, zeigte Helmke auf die Fotos, die auf der Anrichte standen, und fragte: „War Ihr Mann auch an der Ostfront?"

Ursula Kieslich nickte, während sie Tassen auf den Tisch stellte. „Als wir heirateten, war er mit seiner Einheit in der Ostukraine."

„Ihr Mann war Offizier?"

„Ja, er war zuletzt Major. Das Militär war seine große Leidenschaft."

‚Für dich scheint er weniger empfunden zu haben', dachte Helmke und griff nach seiner Tasse. ‚Deine Mitgift hat ihn vermutlich mehr interessiert als deine Gesellschaft.' „Aber wir schweifen ab", sagte er, an Ursula Kieslich gewandt. „Ist Ihr Mann schon beigesetzt worden?"

Ursula Kieslich nickte. „Ja, gestern. Es war eine schöne Feier. Pastor Pörtner hat die Predigt gehalten. Es waren auch viele Kameraden meines Mannes von früher dabei. Es war schön zu spüren, dass man auch in schlechten Zeiten zusammenhält."

„Ja, das kann ich verstehen", sagte Helmke, während er dachte: ‚Da wird ja eine illustre SS-Truppe zusammengekommen sein.' Er musste sich jetzt zwingen, diese Gedanken wegzuschieben. „Frau Kieslich, Sie sprachen vorhin am Telefon von einem Drohbrief, den Ihr Mann erhalten hat …"

„Ja, natürlich. Ich habe gestern nach der Beerdigung die Korrespondenz meines Mannes durchgesehen und dabei diesen Brief gefunden." Sie öffnete eine Tür der Anrichte und entnahm einer Schublade, die sich dahinter befand, einen Briefumschlag, den sie an Helmke weiterreichte.

Helmke zog ein Blatt aus dem Kuvert und las: „Kieslich, du Nazi-Schwein, stehe zu deinen Taten!!! Sonst wird es dir schlecht ergehen." Die handschriftliche Notiz war ohne Unterschrift, ebenso fehlte ein Absender auf dem Briefkuvert, das offenkundig durch die Post zugestellt worden war, da auf ihm eine abgestempelten Briefmarke klebte. Der Brief war, das zeigte der Poststempel, in Bünde aufgegeben worden.

Helmke gab den Brief an Bach weiter, behielt aber den Umschlag. „Wissen Sie, wann Ihr Mann diesen Brief erhalten hat?"

„Nein, Paul hat mir den Brief vorher nicht gezeigt. Vermutlich wollte er nicht, dass ich mich ängstige."

Helmke nahm einen Schluck von dem inzwischen nur noch lauwarmen Kaffee. „Möglich. Der Brief muss Ihren Mann bereits während des Prozesses erreicht haben, nur dann ergibt der Inhalt einen Sinn." Er hatte inzwischen auch das Datum des Poststempels entziffert. Er nickte, weil seine Vermutung dadurch bestätigt wurde. „Der Poststempel ist vom 31. Januar."

Bach, der den Brief jetzt auch gelesen hatte, fragte: „Haben Sie eine Idee, von wem dieser anonyme Brief stammen könnte?"

Ursula Kieslich nickte heftig. „Das liegt doch wohl nahe – oder? Das kommt von diesen Juden, die jetzt in unserem Haus wohnen."

Helmke stellte die Kaffeetasse ab. „Hm", brummte er. „Das werden wir untersuchen. Wir nehmen den Brief mit." Er schob den Umschlag in einen Plastikbeutel, den er in der Innentasche seines Jacketts verstaute, und er fragte sich dabei, wie lange es wohl dauerte, bis der ganze Nazischeiß aus den Köpfen der Menschen verschwunden sein würde.

Als die beiden Kriminalbeamten schon an der Wohnzimmertür standen, zeigte Helmke auf die Anrichte. „Der Blonde da auf dem rechten Foto, ist das Horst Langemeier?"

„Ja", Ursula Kieslich nickte erfreut. „Horst Langemeier war in der Einheit meines Mannes. Die beiden hatten hier in Bünde noch engeren Kontakt. Horst Langemeier war auch gestern bei der Beerdigung meines Mannes."

\*\*\*

Emil Kraiker war überrascht, als er die Wohnungstür öffnete und Helmke und Bach erblickte. „Was gibt es noch?", fragte er wenig freundlich.

Helmke trat einen Schritt nach vorn. „Wir müssen uns noch einmal mit Ihnen unterhalten."

„Dann kommen Sie herein, ich habe aber nicht viel Zeit", brummte Kraiker unwillig. Er ging zurück in die Wohnung, die beiden Besucher folgten ihm. Kraikers Eltern schienen nicht anwesend zu sein.

Nachdem sie im Wohnzimmer Platz genommen hatten, taxierte Emil Kraiker seine Besucher. Er versuchte dabei, seine Neugier zu unterdrücken, was ihm aber nicht ganz gelang. „Worum geht es?"

„Um Ihr Alibi vom vergangenen Mittwoch", sagte Helmke, „das haben wir nämlich überprüft und dabei festgestellt, dass Sie mitnichten nach der Urteilsverkündung mit Ihrem Vater zurück nach Bünde gefahren sind."

Kraiker schwieg.

„Wo waren Sie also während der Zeit, in der Kieslich ermordet wurde?", sekundierte Bach seinem Kollegen. „Wenn Sie uns keine glaubhafte Erklärung liefern können, müssen wir Sie mit nach Bielefeld nehmen."

Kraiker schien zu überlegen, er schwieg aber weiterhin.

Helmke holte den anonymen Drohbrief, den er von Ursula Kieslich erhalten hatte, aus seiner Brieftasche und zeigte ihn Kraiker. „Diesen Brief, ich nehme an, dass Sie ihn gut kennen, hat Herr Kieslich wenige Tage vor seiner Ermordung erhalten. Da ist Ihnen ja nicht gerade ein Glanzstück deutscher Literatur gelungen."

„Was soll das?"

Helmke war jetzt am Ende seiner Geduld angelangt. „Wir sollten ganz offen miteinander reden, Herr Kraiker", sagte er in leisem Ton, nicht ohne Schärfe. „Wir können Sie gleich mitnehmen aufs Präsidium und Ihre Fingerabdrücke mit den Abdrücken auf dem Drohbrief vergleichen. Auch eine Schriftprobe würde Sie vermutlich in Schwierigkeiten bringen. Ich bin mir ziemlich sicher, dass wir da einen Volltreffer landen werden." Er machte eine Pause und blickte dabei Kraiker aufmerksam an, so als könne er dessen Gedanken lesen. „Oder Sie schenken uns reinen Wein ein, sowohl darüber, was Sie am Mittwoch nach der Urteilsverkündung gemacht haben, als auch darüber, ob Sie Urheber dieses Drohbriefes sind."

Emil Kraiker schluckte. Die letzten Reste seiner Selbstsicherheit schmolzen wie draußen der Schnee. „Gut, ich gebe zu, dass ich den anonymen Brief an Kieslich geschrieben habe", sagte er mit kratziger Stimme. „Was ist schon dabei? Kieslich hat das Gericht getäuscht und ich war der Meinung, dass er für das, was er getan hat, auch einstehen soll. Mit dem Mord habe ich aber nichts zu tun."

Helmke setzte nach. „Wo waren Sie am vergangenen Mittwoch?"

Kraiker zögerte kurz. „Ich war bei einem Treffen in Hamm. Ich bin unmittelbar nach der Urteilsverkündung mit dem Zug nach Hamm gefahren, wo dieses Treffen stattfand."

„Worum handelte es sich bei diesem Treffen?"

Kraiker schüttelte den Kopf. „Das möchte ich Ihnen nicht sagen. Alle Teilnehmer sind zum Stillschweigen verpflichtet worden."

Bach zuckte mit den Schultern. „Das hilft uns und auch Ihnen nicht weiter, wenn Sie da keine nachprüfbaren Angaben machen können."

Helmke schaltete sich wieder ein. „Mit welchem Zug sind Sie gefahren?"

„Mit dem um 16.48 Uhr. … Warten Sie, ich habe vielleicht sogar noch die Fahrkarte." Kraiker verließ das Wohnzimmer und kam wenige Sekunden später mit einem triumphierenden Gesichtsausdruck zurück. In seiner linken Hand wedelte er mit einer Bahnfahrkarte, die er Helmke reichte.

„Herr Kraiker, sind Sie Linkshänder?" Helmke zeigte auf Kraikers linke Hand.

„Ja, weshalb fragen Sie?"

„Nur so, ist mir vorhin schon aufgefallen, als Sie uns die Tür öffneten." Helmke sah sich die Fahrkarte genauer an, die tatsächlich für eine Hin- und Rückfahrt nach Hamm am 2. Februar 1949 ausgestellt worden war. Er seufzte. Damit schien Kraiker wieder ein Alibi zu haben. Die Beweislage für eine Verhaftung war jetzt zu dünn.

Helmke stand auf, Bach erhob sich ebenfalls.

„Herr Kommissar, waren Sie eigentlich Mitglied der NSDAP? Sind für Sie die Kommunisten immer noch die Bösen?" Diese beiden Fragen, von Kraiker beiläufig gestellt, brachten Helmke ein wenig aus dem Konzept. „Ich glaube nicht, dass es Sie etwas angeht, ob ich Mitglied der NSDAP gewesen bin."

Helmke war im Jahre 1937, als es sich nicht mehr vermeiden ließ, auf Drängen seiner Vorgesetzten in die Nazipartei eingetreten. Aber war das wirklich unumgänglich gewesen? Er hatte sich immer gesagt: ‚Wenn ich aus dem Polizeidienst ausscheide und ein anderer, vermutlich ein überzeugter Nazi, übernimmt meine Stelle, so wäre damit doch auch nichts gewonnen. Wenn ich bleibe, kann ich vielleicht Schlimmeres verhindern.' Aber vielleicht stimmte das gar nicht. Vielleicht machte er sich nur etwas vor, um die seinerzeit getroffene Entscheidung im Nachhinein zu rechtfertigen.

Kraiker lächelte. ‚Jetzt will er seine moralische Überlegenheit demonstrieren', dachte Helmke, ‚aber darum geht es jetzt nicht, hier geht es um die Ermittlung in einem Mordfall.' Kraiker setzte nach: „Ich bin nicht einmal Mitglied der Hitlerjugend gewesen, als Einziger aus meiner Schulklasse nicht."

Diese Bemerkung provozierte den ehemaligen Hitlerjungen Bach zu der Nachfrage: „Wie haben Sie das denn angestellt?"

„Mein Vater ist Sozialdemokrat, der war bei den Nazis ohnehin schon unten durch. Er hat mir nicht erlaubt, zur Hitlerjugend zu gehen. Es ist mir nicht leichtgefallen, den Spott und die Übergriffe meiner ehemaligen Freunde zu ertragen, aber ich habe es geschafft. Sie sehen, es ging also, den Nazis nicht hinterherzulaufen."

Helmke knurrte: „Schön zu hören, dass Ihnen das gelungen ist, das ist aber doch wohl eher ein Verdienst Ihres Vaters. Aber das ist hier nicht unser Thema. Wir müssen so rasch wie möglich einen Mord aufklären, völlig unabhängig davon, ob der Ermordete Nationalsozialist oder Kommunist gewesen ist."

Er wandte sich, Bach im Gefolge, zur Tür. „Auf

Wiedersehen, Herr Kraiker."

Kraiker blieb eine Antwort schuldig.

„Habe schon sympathischere Menschen kennengelernt", sagte Bach, als sie auf dem Gehweg standen.

Helmke nickte. „Da dürftest du Recht haben, unser aktueller Hauptverdächtiger hat sich aber gerade entlastet und wir stehen mit leeren Händen da. Ich brauche jetzt erstmal ein wenig frische Luft."

\*\*\*

Stefan Barner stand vor seinem Elternhaus und entfernte noch einige Schneereste vom Gehweg. Er stutzte, als er die beiden Kriminalbeamten sah, die den Weg in die Bismarckstraße zu Fuß zurückgelegt hatten.

„Herr Barner, wir haben doch noch eine Frage an Sie."

Barner blickte Helmke nicht gerade erfreut an, dennoch nickte er. „Worum geht's?"

„Es handelt sich um Ihren Arbeitskollegen Emil Kraiker. Haben Sie Herrn Kraiker nach dem Prozessende am Mittwoch in der Nähe des *Enzian* oder auf dem Weg dorthin gesehen?"

„Kraiker?", fragte er überrascht. „Nein. Emil Kraiker, diesen roten Aufwiegler, habe ich nicht gesehen. Daran würde ich mich erinnern."

„Ist Kraiker Kommunist?", fragte Bach.

„Ja natürlich, er ist sogar stellvertretender Führer …, ich meine … Vorsitzender der Bünder KPD-Gruppe. Ein ganz radikaler Bolschewist. Ich könnte mir gut vorstellen, dass er bei Pauls Ermordung die Hände mit im Spiel gehabt hat, so wie der sich im Gerichtssaal aufgeführt hat."

„Gut, das war's auch schon. Passen Sie gut auf sich auf. Bis zum nächsten Mal, Herr Barner."

„Eilt nicht." Barner griff nach dem Schneeschieber und widmete sich wieder seiner Arbeit.

Als die beiden Kriminalbeamten im Auto saßen, das sie in der Fünfhausenstraße stehengelassen hatten, zog Helmke eine Eckstein aus der Packung und zündete sie an. „Ich denke, wir können Kraiker als Täter streichen. Würde mich aber trotzdem interessieren, was der am Mittwoch im Hamm getrieben hat. Ich werde nachher mal meinen Kollegen Kleibrink in Hamm anrufen, der war früher bei uns in Bielefeld. Vielleicht kann der herausfinden, was für eine geheimnisvolle Versammlung da in Hamm stattgefunden hat."

Bach kurbelte das Autofenster herunter und ließ den Zigarettenqualm nach außen entweichen. „Und jetzt? Was machen wir jetzt?", fragte er.

„Wir fahren zurück nach Bielefeld. Unser Mittagessen können wir auch dort einnehmen."

Bach nickte. „Wenn man sich Kieslich, Kotte, Barner und auch Langemeier anschaut, so scheint ja der militante Nationalismus der stärkste Leim zu sein, der eine Gesellschaft zusammenhalten kann. Diese Bande und der obskure Dr. Nowack haben der Vergangenheit des

‚Dritten Reiches' immer noch nicht abgeschworen."

„Scheint so." Helmke kurbelte das Fenster auf seiner Seite herunter und schnippte den Rest der Zigarette auf die Straße. „Ein besserer Klebstoff als Nationalismus wäre allerdings Gerechtigkeit, soziale Gerechtigkeit – und eine gute Politik."

„Was ist denn für dich eine gute Politik?"

Helmke überlegte kurz. „Na ja", sagte er, „wie ich sagte: vor allem soziale Gerechtigkeit, fehlender Eigennutz und ausgeprägter Sinn für Verantwortlichkeit bei den Politikern sowie eine zumindest langsame wirtschaftliche Verbesserung für alle."

***

Für den Abend hatte sich Helmke mit Gabi Bongert zu einem Kinobesuch verabredet. Im *Universum* wurde ‚Das indische Grabmal' mit der bezaubernden Schauspielerin und Tänzerin La Jana und dem niederländischen Darsteller Frits van Dongen gezeigt, ein Film, der bereits vor dem Zweiten Weltkrieg gedreht worden war; im *Odeon* stand der Film ‚Ausgestoßen' mit James Mason und Kathleen Ryan auf dem Programm. Helmke und Gabi Bongert entschieden sich nach kurzer Beratung für ‚Ausgestoßen', was sie, nachdem sie den Film gesehen hatten, keineswegs bereuten. Der von James Mason verkörperte Johnny McQueen als Mitglied der IRA scheiterte nach einem Banküberfall, der Geld für den

218

Freiheitskampf der Iren gegen die britische Besatzung beschaffen sollte, in überaus tragischer Weise und bot viel Stoff für ein Gespräch, das die beiden auch nach der Einkehr im *Lindenhof* noch weiterführten. Bei Helmke verfestigte sich der Eindruck, dass Gabi Bongert eine interessante Frau war, in deren Gegenwart er sich wohlfühlte.

Auch Gabi Bongert schien für Helmke immer mehr Sympathie zu entwickeln, war der Abschiedskuss vor ihrer Wohnung in der Neustädter Straße doch auch von ihrer Seite aus wesentlich leidenschaftlicher als beim letzten Treffen. Obgleich er den starken Wunsch verspürte, mit Gabi zu schlafen, verzichtete er darauf, sie zu fragen, ob er nicht noch etwas mit nach oben kommen könne.

Auf dem Weg zu seiner Wohnung in der Prießallee, den er zu Fuß zurücklegte, dachte er weiter über den Fall nach. Es war zum Verzweifeln. Am Morgen war er noch voller Hoffnung gewesen, den Täter bald fassen zu können, aber dann hatte Kraiker ihnen die Bahnfahrkarte gezeigt und ihnen war aufgefallen, dass Kraiker Linkshänder war. Die tödlichen Messerstiche waren aber in beiden Fällen von einem Rechtshänder verübt worden.

Helmke hatte dennoch das Gefühl, dass er der Lösung des Falles näher kam. Irgendetwas passte aber noch nicht.

Kraiker gehörte jetzt nicht mehr zu den Verdächtigen, die drei alten Männer, Kraiker Senior, Sewekow und

Schroeter, konnte man wohl ebenfalls ausschließen. Und Wilhelm Worms? Selbst konnte der die Tat ebenfalls nicht begangen haben. Dass der einen Auftragsmörder gedungen hatte, war unwahrscheinlich. Selbst wenn …, weshalb war dann auch Kotte umgebracht worden? Nur weil er einen Meineid geleistet hatte? Wog dieser Meineid in den Augen des Täters so schwer, dass Kotte deshalb ebenfalls sterben musste?

## 11. Kapitel

**Donnerstag, 10. Februar 1949**

Helmke war nervös. Er hatte schlecht geschlafen und war früh aufgestanden. Wenn er an Gabi dachte, empfand er so etwas wie eine Mischung aus Zufriedenheit und Glück. Diese Sache schien sich gut zu entwickeln. Sobald sich seine Gedanken aber mit dem laufenden Fall beschäftigten, und das war in der Nacht mehrfach geschehen, verspürte er eine innere Unruhe, ein Gefühl, etwas Wichtiges übersehen zu haben. In den schlaflosen Phasen war er die geführten Gespräche und die Berichte des Gerichtsmediziners und der Spurensicherung noch einmal im Geiste durchgegangen, ohne dass er dabei wirklich neue Erkenntnisse gewonnen hätte.

Er war lange vor Bach im Büro und griff erneut nach der Ermittlungsakte, die inzwischen durch die Aktenvermerke, die Bach und er abends nach den Zeugenbefragungen angefertigt hatten, noch weiter angewachsen war. Während er sich eine Zigarette anzündete, fiel sein Blick auf die Tatortfotos aus dem Steinmeisterpark. Dabei kam ihm eine, auf den ersten Blick vielleicht abstruse Idee. Er breitete die Tatortfotos auf dem Schreibtisch aus und legte die von Wilhelm Worms von den Schuhabdrücken vor seinem Haus angefertigten Fotos daneben. Bereits nach kurzer Zeit wurde er fündig. Einer der Schuhabdrücke, die Wilhelm Worms auf dem Gehweg vor seinem Haus fotografiert hatte, und ein Schuhabdruck

221

aus dem Steinmeisterpark schienen identisch zu sein. Die betreffende Sohle wies im Hackenbereich einen gezackten Riss auf. Vermutlich war der Besitzer des Schuhs irgendwann einmal auf ein scharfes Stück Metall getreten. Dabei handelte es sich nicht, wie Helmke rasch feststellte, um den Schuhabdruck Kottes. Kotte hatte auf die Frage, wer sonst noch an den Schmierereien beteiligt gewesen war, geschwiegen. Helmke tippte deshalb auf Barner oder Langemeier. Das wiederum bedeutete, dass sich Barner oder Langemeier des Abends mit Kotte im Steinmeisterpark getroffen haben mussten.

Wenn man davon ausging, dass in den heutigen schlechten Zeiten jeder Normalverbraucher nur maximal zwei Paar Schuhe besaß, ein Paar für den Sommer und ein Paar für den Winter, so würde sich relativ schnell klären lassen, wer zusammen mit Kotte bei dessen Ermordung im Steinmeisterpark gewesen war. Helmke pfiff durch die Zähne, plötzlich ergab alles einen Sinn.

In dem Augenblick, als Bach das Büro betrat, klingelte das Telefon. Helmke hob den Hörer ab. „Prima", hörte Bach ihn sagen. „Ihr seid ja wirklich schnell."

Helmke schirmte mit der linken Hand den unteren Teil des Hörers ab. „Mein Kollege aus Hamm", sagte er mit leiser Stimme zu Bach. Dann wieder lauter zu seinem Gesprächspartner: „Aha, dann scheinen die Angaben ja zu stimmen." Und nach einer Weile, während der sein Gesprächspartner ihm offenbar etwas erklärte: „Ich

222

bedanke mich bei dir, du hast uns enorm weitergehol-
fen."

Helmke legte den Hörer auf die Gabel und informierte Bach: „In Hamm hat am 2. Februar tatsächlich
eine Versammlung stattgefunden, die polizeilich nicht
angemeldet und damit auch nicht genehmigt war. Deshalb die Geheimniskrämerei von Kraiker. Es gab ein ge-
heimes Treffen von KPD-Funktionären, anwesend war
auch Max Reimann, der KPD-Vorsitzende in West-
deutschland. Es soll um die strategische Ausrichtung der
Partei und die Vorbereitungen der KPD für die kom-
mende Wahl gegangen sein."

„Für welche Wahl?"

Helmke blickte Bach etwas mitleidig an. „Wie du vielleicht mitbekommen hast, arbeiten unsere Volksvertre-
ter an einer neuen Verfassung, der, wenn sie demokra-
tisch ist, ja bald Wahlen für ein Parlament folgen
müssen, wie das auf kommunaler Ebene und auf Lan-
desebene ja schon passiert ist."

Bach staunte. „Und daran hat der junge Kraiker teilgenommen?"

„Vermutlich. Er ist, wie wir ja herausgefunden haben,
stellvertretender Vorsitzender der Bünder KPD. Möglicherweise ist er für seinen Vorsitzenden nach Hamm
gefahren."

„Gut, dann ist Kraikers Alibi ja bestätigt – oder?"

„Du sagst es."

Helmke zündete sich eine Zigarette an. Es war jetzt an

der Zeit, Bach mit seinen Erkenntnissen bekannt zu machen. „Fassen wir doch unsere Erkenntnisse zum Mordfall Kieslich einmal zusammen", begann er. „Dass ein Unbekannter von draußen in die Kneipe gekommen ist, zufällig zum richtigen Zeitpunkt, als Kieslich die Toilette aufgesucht hat, ist doch höchst unwahrscheinlich – oder?"

Bach musste seinem Kollegen beipflichten.

„Und dass zwischen dem Mord an Kieslich und dem Mord an Kotte ein Zusammenhang besteht, dürfte wohl auf der Hand liegen – oder? Schließlich weisen beide Morde das gleiche Muster auf."

Bach nickte erneut.

„Gut. Wie wurde der Mord ausgeführt?" Ohne auf Bachs Antwort zu warten, fuhr Helmke fort: „Während Kieslichs Abwesenheit hat nur einer den Schankraum verlassen …"

Bach runzelte die Stirn. „Wen meinst du?"

„Ich meine natürlich Langemeier. Als Langemeier ging, um nach Kieslich zu schauen, lebte Kieslich noch. Kieslich war auch nicht länger als zehn Minuten lang fort, so wie Langemeier das seinen Kameraden suggeriert hat. Langemeier war der Einzige, der noch relativ nüchtern war. Erinnere dich daran, dass er seinen Schnaps mehrfach heimlich auf den Boden gekippt hat. Kotte und Barner waren ziemlich angetrunken, sie hatten wahrscheinlich ihr Zeitgefühl etwas verloren."

„Klingt logisch."

224

Helmke nickte bekräftigend. „Natürlich, nur so kann es gewesen sei. Langemeier kannte das Lokal, er wusste, wo die Küche war. Es war für ihn ein Leichtes, mit einem Messer in der Hand die Treppe hinunter zu laufen und den ebenfalls angetrunkenen Kieslich zu erstechen. Danach ist er zurück nach oben gelaufen, hat das Messer in die Küche zurückgebracht und hat dann die Ermordung Kieslichs gemeldet. Wahrscheinlich finden sich Langemeiers Fingerabdrücke auf dem Messer. Er wird keine Handschuhe getragen haben."

Bach wiederholte sich: „Klingt logisch. Respekt!" In seinen Worten schwang Bewunderung mit.

„Da ist noch ein anderer Punkt", Helmke nahm einen tiefen Zug, „Langemeier war auch der Einzige, der bemerkt haben will, dass der Gruppe Kieslich, als sie vom Gerichtsgebäude zum *Enzian* ging, Leute gefolgt sind. Er wollte damit unsere Ermittlungen auf die beiden unbekannten Gäste lenken und damit verhindern, dass wir darüber nachdachten, ob es möglicherweise noch andere Täter gab."

„Bleibt die Frage nach dem Motiv …"

Helmke nickte. „In der Tat. Es könnte sein, aber das ist jetzt reine Spekulation von mir, dass er Kieslich, mit dem er zusammen im Krieg war, für den Verlust seines Armes verantwortlich macht. Auf dem Foto, das wir bei Frau Kieslich gesehen haben, hatte Langemeier seinen linken Arm noch. Er muss den Arm in den letzten Kriegsmonaten in der Einheit von Kieslich verloren haben. Für Langemeier als ambitioniertem Sportler war der Verlust seines Armes besonders schmerzlich."

„Und wie erklärst du dir den Mord an Kotte?"

Helmke zuckte die Achseln. „Auch über dieses Motiv können wir jetzt nur spekulieren. Dass Langemeier den Mord begangen hat, ist aber klar. Das werden wir ihm anhand der Fußabdrücke am Steinmeisterteich nachweisen können. Die Abdrücke können nur von ihm stammen. Barner hat sich möglicherweise ebenfalls an den Schmierereien in der Winkelstraße beteiligt, ohne dass wir ihm das beweisen können, er besitzt aber für den Zeitpunkt des Mordes an Kotte ein Alibi."

„Also fahren wir jetzt nach Bünde und verhaften Langemeier?"

Helmke drückte seine Zigarette aus. „Ja, ich hoffe, dass er vernünftig ist und keinen Widerstand leistet."

Helmke stand auf, überprüfte seine Waffe und zog den Mantel an. „Ich informiere Mähler, wir treffen uns unten am Wagen."

Wenige Minuten später lenkte Bach den Opel aus dem Hof des Präsidiums. Während sie den Kesselbrink passierten, erklärte Helmke: „Wir fahren in Bünde bei der örtlichen Polizeiwache vorbei und nehmen zur Verhaftung Langemeiers noch einen uniformierten Kollegen mit."

*\*\**

Polizeihauptmeister Reinhard Drewes war ohne große Gegenfragen bereit gewesen, seine beiden Kollegen aus Bielefeld zur Firma Weinke & Stellen zu begleiten. Wenige Minuten später fuhren sie auf den Innenhof der Zigarrenfabrik. Als Bach den Opel Olympia abgestellt hatte, die drei Polizeibeamten ausgestiegen waren und sich der Pförtnerloge näherten, bemerkten sie, dass Langemeiers Loge leer war.

Helmke wandte sich an einen Arbeiter, der gemeinsam mit einem Kollegen einen noch von dampfenden Pferden gezogenen Wagen entlud: „Haben Sie Herrn Langemeier gesehen?"

Der Arbeiter, ein älterer Mann mit faltigem Gesicht unter einer schwarzen, abgewetzten Schirmmütze, musterte den Fragensteller kurz und nickte dann: „Ja, gerade noch. Er ist da in die Fabrik gegangen." Er zeigte auf eine kleine Tür, die sich rechts neben dem großen doppelflügeligen Eingangstor befand.

Helmke wies Drewes an, im Innenhof der Zigarrenfabrik zu warten und bedeutete Bach, ihm in das Fabrikgebäude zu folgen. Hinter der kleinen Tür befand sich ein dunkler Flur, an dessen Ende eine steinerne Treppe nach oben führte. Schnellen Schrittes stiegen Helmke und Bach die Stufen empor und gelangten in einen großen hellen Saal, in dem mehrere Dutzend Männer und Frauen an Tischen saßen und vorgefertigte Zigarrenwickel mit einem Deckblatt umrollten, was der anspruchsvollste Arbeitsschritt bei der Zigarrenherstellung war.

„Wir suchen den Herrn Langemeier. Haben Sie ihn gesehen?", fragte Helmke einen Mann, der vor ihm an einem Arbeitstisch hockte.

Der Mann zeigte auf eine Tür, die am anderen Ende des Saales zu sehen war, und wollte Helmke etwas erklären. In diesem Augenblick hörten die beiden Kriminalbeamten einen lauten Schrei, der aus dem Fabrikinnenhof zu kommen schien. Helmke stürzte an ein Fenster und sah Drewes auf dem Boden des Innenhofes liegen. Langemeier rannte aus dem Innenhof heraus auf die Straße. Helmke drehte sich, gefolgt von Bach, herum und stürzte die Treppe wieder hinunter, die sie gerade heraufgekommen waren. Als sie in den Innenhof stürmten, war Drewes gerade im Begriff sich aufzurichten. „Er hat mich über den Haufen gerannt, einfach über den Haufen gerannt, wie ein wilder Stier", japste Drewes und schnappte nach Luft. Helmke und Bach rannten über den Hof zur Straße, konnten Langemeier aber nicht mehr sehen.

„Mist", keuchte Helmke. „Er scheint etwas geahnt zu haben. Vielleicht hat ihn die Uniform von Drewes vermuten lassen, dass wir ihn festnehmen wollten. Wir müssen die Fahndung nach Langemeier einleiten. Sofort."

Sie gingen zu Drewes zurück, der inzwischen wieder auf den Beinen stand. „Mann", sagte der Polizist und hielt sich den Bauch, „der ist mir mit seinem Kopf voll in den Magen gerannt."

Hinter den Fenstern im ersten Stock standen jetzt einige Zigarrenarbeiter und beobachteten die Szene auf dem Innenhof. Auch die beiden Arbeiter am Pferdewagen hatten ihre Arbeit vorübergehend eingestellt.

Helmke drückte den Polizeibeamten in den Opel, Bach nahm hinter dem Lenkrad Platz. „Wir fahren jetzt zu Ihrer Wache, wir müssen Langemeier zur Fahndung ausschreiben."

Drewes nickte.

Auf der Polizeiwache überlies Helmke es Drewes, die zum Anlaufen der Fahndung notwendigen Telefongespräche zu führen. Er wandte sich an den zweiten Polizeibeamten und bat ihn, die Adresse von Horst Langemeier herauszusuchen: „Wir haben Langemeiers Adresse zwar in unseren Akten, das hilft uns hier und jetzt aber nicht weiter. Vielleicht erwischen wir ihn ja noch in seiner Wohnung."

***

Knappe zwanzig Minuten später öffnete ihnen Langemeiers Mutter die Tür. „Ist Ihr Sohn zu Hause?", fragte Helmke und zeigte der Frau seinen Dienstausweis.

Frau Langemeier schüttelte den Kopf. „Horst war eben hier, hat ein paar Sachen mitgenommen, ist dann aber sofort wieder weg. Was ist passiert?" Die Stimme der Frau klang besorgt.

Helmke schob vorsichtshalber seinen Fuß zwischen Türblatt und Rahmen. „Frau Langemeier, wir müssen einen kurzen Blick in Ihre Wohnung werfen."

Die Frau zuckte die Achseln und gab den Weg frei. Mutter und Sohn Langemeier – der Vater war, wie ihnen die Frau erklärte, kurz nach Kriegsende durch einen Unfall gestorben – bewohnten eine kleine Souterrainwohnung in der Eschstraße, unweit der Zigarrenfabrik Weinke & Stellen.

Es hatte einige Minuten gedauert, bis der Polizeibeamte Langemeiers Adresse herausgefunden hatte. Helmke und Bach hatten sich sofort ins Auto gesetzt und waren zur angegebenen Adresse gefahren. Jetzt mussten sie feststellen, dass sie zu spät gekommen waren.

Horst Langemeier bewohnte ein eigenes Zimmer, das recht spartanisch eingerichtet war. Ein Bett, ein Nachtschränkchen und ein Kleiderschrank bildeten das spärliche Mobiliar. Lediglich an der Wand über dem Bett hatte Langemeier Urkunden und Fotos von seinen sportlichen Erfolgen angebracht. Der Sport schien ihm viel bedeutet zu haben.

Nachdem sich die beiden Kriminalbeamten davon überzeugt hatten, dass sich Horst Langemeier nicht mehr in der Wohnung befand, fragte Helmke Langemeiers Mutter, die immer nervöser zu werden schien: „Welche Sachen hat Ihr Sohn denn mitgenommen?"

Der Besuch der beiden Kriminalbeamten hatte die Frau aus der Fassung gebracht. Sie stammelte: „Seinen

… seinen Mantel, seinen warmen Mantel, … etwas zu essen und eine Decke. Ich habe ihn noch gefragt, was er damit machen will. … Er hat mir keine Antwort gegeben. Er hat doch nichts angestellt – oder?"

Als Helmke nicht sofort etwas erwiderte, sagte sie: „Horst ist ein guter Junge, aber das Schicksal hat es schlecht mit ihm gemeint. Er hat im Krieg seinen Arm verloren, das hat sein ganzes Leben verändert."

Helmke hielt sich bedeckt. „Das untersuchen wir noch. Frau Langemeier, haben Sie eine Idee, wo sich Ihr Sohn jetzt befindet oder wo er hingehen könnte?"

Die Frau schüttelte den Kopf.

„Besitzt Ihr Sohn eine Waffe, eine Pistole?"

„N … nein, nur mein Mann hatte eine Pistole."

Helmke wurde hellhörig. „Können Sie uns diese Pistole einmal zeigen?"

„Ja natürlich, die liegt in unserem Kleiderschrank." Frau Langemeier stand auf und verließ das Zimmer. Nach weniger als einer Minuten kam sie zurück. „Die Pistole ist nicht mehr da", sagte sie.

## 12. Kapitel

**Freitag, 11. Februar 1949**

In der Lagebesprechung um 9.00 Uhr konnten Helmke und Bach über ihren Ermittlungserfolg berichten, mussten dabei aber leider ergänzen, dass die Fahndung nach dem verdächtigen Doppelmörder bislang ohne Resultat geblieben war.

Als die beiden zurück in ihr Büro kamen, klingelte gerade das Telefon. Nachdem Liane Bartels den Anrufer durchgestellt hatte, hörte Helmke die Stimme von Polizeihauptmeister Drewes aus Bünde. Drewes klang aufgeregt. Nachdem Helmke sich zu erkennen gegeben hatte, kam der Polizeihauptmeister sofort zur Sache: „Ich habe gestern Nachmittag noch einige Erkundigungen über Langemeier eingeholt. Horst Langemeier war in seiner Jugendzeit erfolgreicher Sportler, er war Mitglied des Sportvereins *Westfalia* Bünde und vor Kriegsbeginn mehrfach westfälischer Meister im Speerwurf."

„Ja", sagte Helmke, „das wissen wir schon."

„Ist Ihnen denn auch bekannt, dass der Sportverein eine einfache Holzhütte im Wiehengebirge besitzt, die im Winter leer steht?" Drewes' Stimme klang gespannt. Offenbar glaubte er, mit dieser Nachricht Helmke überraschen zu können.

„Nein, das wussten wir nicht", musste Helmke zugeben.

„Eben rief mein Kollege aus dem Amt Ennigloh an.

Brennholzsammler, die heute am frühen Morgen unterwegs waren, haben in der Nähe besagter Holzhütte Fußspuren im Schnee gefunden. Sie vermuten, dass in die Hütte eingebrochen worden ist. Sie haben sich aber der Hütte nicht genähert, weil sie von ihren Kindern begleitet wurden. Da habe ich sofort an Langemeier gedacht. Er kennt die Hütte, sie wäre ein idealer Zufluchtsort für ihn."

Damit hatte der Ortspolizist Helmkes Interesse geweckt. „Herr Drewes, vielen Dank für den Anruf, wir kommen gleich bei Ihnen vorbei."

Helmke informierte Bach, der ihn während der Zeit des Telefongesprächs fragend angesehen hatte, über den Anruf und meinte dann: „Da könnte etwas dran sein, Langemeier hat von zu Hause eine Decke, warme Kleidung und Essensvorräte mitgenommen. Vielleicht hat er vor, einige Zeit in dieser Hütte zu verbringen, bis der Fahndungsdruck nachlässt. In der Öffentlichkeit kann sich Langemeier ja kaum zeigen, durch seinen amputierten linken Arm ist er überall leicht zu erkennen."

*\*\**

Drewes schien froh darüber zu sein, die Scharte, dass ihm Langemeier im Innenhof der Zigarrenfabrik entkommen war, durch die Information über die Vereinshütte im Wiehengebirge wieder auswetzen zu können. „Wenn Sie zu der Hütte wollen, kann Sie mein Kollege

233

Witte begleiten. Er ist Mitglied im Sportverein und kennt die Lage der Hütte genau." Witte, ein junger, mittelgroßer Polizist mit feuerroten Haaren, nickte eifrig.

„Nun denn", meinte Helmke, „wir sollten mal in der Hütte nachsehen. Das ist allemal besser als hier zu warten, bis sich Langemeier irgendwann einmal zeigt." Zu Witte sagte er: „Langemeier ist bewaffnet. Er hat eine Pistole dabei. Also: Vorsicht!"

Nachdem sich Witte seinen Dienstmantel angezogen und die Uniformmütze aufgesetzt hatte, nahm er auf der Rückbank des Opels Platz. Auf Anweisung Wittes fuhr Bach Richtung Norden, durchquerte die Gemeinde Dünne und bog am Fuße des Wiehengebirges, wo sich die Straße gabelte, nach rechts Richtung Oberbauerschaft ab. Die Männer sprachen nicht viel miteinander. Nach wenigen hundert Metern deutete Witte auf einen schneebedeckten Feldweg, der links von der Straße Richtung Wiehengebirge abzweigte. „Am besten, Sie stellen das Auto hier ab, den Rest des Weges müssen wir zu Fuß gehen."

Bach fuhr den Opel einige Schritte in den Feldweg, gerade soweit, dass der Wagen weder im Schnee steckenblieb noch den Verkehr auf der Durchgangsstraße behinderte. Das Wiehengebirge lag jetzt zum Greifen nahe vor ihnen. Fuß- und Schlittenspuren im Schnee zeigten an, dass der Feldweg in den letzten Tagen von mehreren Leuten begangen worden war, um in das Wiehengebirge zu gelangen.

Die drei Männer stiegen aus. „Kann uns Langemeier sehen, wenn er tatsächlich da oben in der Hütte ist?", fragte Helmke.

Witte schüttelte den Kopf. „Nein, jetzt noch nicht."

Der Himmel war wolkenlos. Die Sonne stand im Südosten und verbreitete eine Helligkeit, die die drei Männer dazu zwang ihre Augen zusammenzukneifen. In den etwas höheren Lagen hatte es deutlich mehr geschneit als unten an der Straße. Die Männer stapften durch den immer höher werdenden Schnee und versuchten dabei, die älteren Fußspuren zu nutzen, um nicht zu tief einzusinken. Helmke hatte bereits nach wenigen hundert Metern nasse Füße, da der Schnee von oben in seine Schuhe drang. Bei Bach schien es ähnlich zu sein. „Ist es noch weit?", fragte er.

Witte, der die Führung übernommen hatte, lächelte mitleidig. „Ein wenig dauert es noch, bis wir an der Hütte sind", sagte er. „Die Hütte liegt knapp unterhalb des Kammes."

Bald hatten sie die ersten Bäume erreicht; die von den Bauern im Frühjahr bewirtschafteten Felder lagen jetzt hinter ihnen. Der Weg wurde steiler, der Baumbewuchs dichter. Helmke, der wenig Sport trieb und täglich viele Zigaretten rauchte, versuchte sich die Anstrengung nicht anmerken zu lassen.

Nach einer knappen Viertelstunde deutete Witte auf einen schmalen Pfad, der rechts vom Waldweg abzweigte. „Über diesen Pfad gelangt man auch zu der

Hütte, er ist aber ziemlich steil und bei Schnee vermutlich nur schwer zu begehen", sagte er, "unser Ziel dürfte jetzt noch etwa 200 Meter entfernt sein. Der eigentliche Weg zur Hütte führt etwas weiter oben lang."

Die Männer blieben stehen. Auf dem schmalen Pfad waren die Fußspuren einer einzelnen Person zu erkennen. "Wie wollen wir vorgehen?", fragte Bach und zeigte auf die Spur. "Die könnte von Langemeier stammen."

Helmke nickte und wandte sich an Witte. "Ein paar Schritte können wir noch gehen, ohne gesehen zu werden – oder?"

Witte nickte.

Helmke überlegte. "Vielleicht ist es am besten, wenn wir uns hier trennen", sagte er dann, Bach anblickend. "Versuche du der Spur zu folgen, sei aber vorsichtig und halte dich bedeckt. Der Kollege Witte und ich nehmen den Hauptweg. Wir zeigen uns nicht und sondieren erst einmal die Lage. Vergiss nicht, Langemeier ist bewaffnet. Er hat nicht viel zu verlieren."

Während Bach auf den schmalen Pfad wechselte, gingen Helmke und Witte langsam und schweigend weiter. Nach wenigen Metern konnten sie die Umrisse der Hütte sehen, die hinter dicht stehenden Fichten erkennbar wurden. Die Hütte machte einen verlassenen und wenig intakten Eindruck. Sie schien in den Kriegsjahren gelitten zu haben, und in der Nachkriegszeit hatten die Vereinsmitglieder offenbar noch nicht viel Zeit und finanzielle Mittel aufwenden können, um die Hütte wieder in Schuss zu bringen. Die Tür war geschlossen und die Fensterläden waren zugezogen. Nichts deutete darauf hin, dass sich jemand in der Hütte befand. Zum Eingang der Hütte hin war der Schnee allerdings weniger glatt, offenbar hatte jemand mit einem Ast oder Zweig versucht, seine eigene Fußspur zu verwischen.

Helmke und Witte blieben hinter zwei Fichten stehen, den letzten Bäumen vor der Hütte. Sie sahen, dass auch Bach Position hinter einer dicken Eiche nahe der Hütte bezogen hatte. Witte zog sein Fernglas aus dem Mantel und nahm die Hütte ins Visier. Nach einer Weile sagte er: „Das Vorhängeschloss, mit dem die Hütte normalerweise verschlossen ist, hängt zwar noch vor der Eingangstür, wenn ich mich nicht täusche, so wurde aber ein Scharnier aus der Hüttenwand gebrochen."

Er reichte Helmke das Fernglas. „Stimmt", sagte der, nachdem er hindurchgeblickt hatte. „Da hat sich jemand ohne Schlüssel Zutritt zu der Hütte verschafft."

Helmkes Schuhe waren nass, seine Füße waren eiskalt. „Wir müssen Langemeier irgendwie aus der Hütte treiben", sagte er, „ich habe keine Lust mir hier eine Lungenentzündung einzufangen."

Witte nickte. „Aber wie bekommen wir Langemeier aus der Hütte heraus?"

Helmke gab Bach, zu dem inzwischen Blickkontakt bestand, das Zeichen, sich wieder zurückzuziehen. Die drei Männer trafen sich an der Abzweigung des schmalen Weges, an der sie sich getrennt hatten.

„Langemeier ist mit großer Sicherheit in der Hütte", sagte Helmke. „Wir können hier noch stundenlang darauf warten, dass er die Hütte zum Pinkeln verlässt, aber dann haben wir erfrorene Füße."

Bach und Witte nickten.

„Ich schlage deshalb vor, dass wir Langemeier aus der Hütte locken." Helmke wandte sich an Witte. „Hat die Hütte auf der Rückseite Fenster?"

Witte schüttelte den Kopf. „Nein, nur an den Seiten und nach vorne raus."

Helmke war zufrieden. „Gut, dann beziehen wir gleich wieder Position. Maximilian, du schleichst dich an der Hütte vorbei, das geht auf deiner Seite am besten, und schlägst mit einem dicken Ast in Abständen mehrfach gegen die Rückwand. Das wird Langemeier hoffentlich aus der Hütte locken. Ich schleiche mich auf meiner Seite ebenfalls an die Hütte heran und warte nahe der Eingangstür. Sobald Langemeier die Hütte verlässt, um nachzusehen, was da hinter der Hütte los ist, greife ich ihn mir." Helmke machte eine kurze Pause. „Herr Witte", sagte er dann, „Sie begleiten Herrn Bach und halten sich im Hintergrund." Helmke blickte die beiden an: „Einverstanden?"

Bach und Witte nickten.

Als die drei nach einigen Minuten ihre Plätze eingenommen hatten, gab Helmke das Zeichen, Bach kam aus der Deckung und wollte an der Hütte vorbeigehen, um an die Rückseite zu gelangen. In diesem Augenblick wurde die Hüttentür geöffnet und Langemeier trat ins Freie. Die Helligkeit schien ihn etwas zu blenden, aber er nahm zumindest die Umrisse von Bach wahr. Er griff in seinen Hosenbund, zog eine Pistole hervor und schoss sofort.

Bach hörte den Knall, spürte aber nichts. Der Schuss schien ihn verfehlt zu haben. Er drehte sich um und hastete den schmalen Weg bergabwärts. Langemeier, dessen Augen sich nun besser an die Helligkeit gewöhnt hatten, dachte nicht lange darüber nach, ob Bach den Weg alleine zur Hütte gefunden hatte. Er rannte mit großen Sprüngen hinter Bach her.

Nach wenigen Schritten passierte Bach die dicke Eiche, hinter der er Witte zurückgelassen hatte, Langemeier war nur wenige Schritte hinter ihm. In dem Augenblick, in dem auch Langemeier, die Pistole zum nächsten Schuss gehoben, an der Eiche vorbeilief, schob Witte sein rechtes Bein aus der Deckung und brachte Langemeier dadurch zu Fall, der den Sturz nur mit einem Arm abfangen konnte und dabei seine Pistole verlor.

Witte kam hinter der Eiche hervor und stürzte sich auf den jetzt bäuchlings liegenden Langemeier. Als sich Bach umdrehte, sah er, dass Witte und Langemeier miteinander rangen. Der Modellathlet Langemeier schien trotz des fehlenden linken Armes die Oberhand zu gewinnen. Bach stoppte ab, rutschte dabei noch einmal aus, kam aber noch rechtzeitig zurück, um Witte zu unterstützen. Mit Helmkes Hilfe, der sich zum Zeitpunkt des Schusses noch auf der anderen Seite der Hütte befunden hatte, dann aber auch zum Kampfplatz geeilt war, schafften sie es, den rasenden Langemeier zu fesseln, indem sie seinen rechten Arm mit den Handschellen an sein linkes Bein ketteten.

„War doch kein so guter Plan", sagte Helmke keuchend, als Langemeier vor ihnen im Schnee lag. Er zündete sich eine Zigarette an und hielt auch Witte die Packung hin. „Ausnahmsweise", sagte der und griff zu, „nach dieser Aufregung … Eigentlich rauche ich nicht."

„Vermutlich haben Sie mir das Leben gerettet", sagte Bach und blickte Witte an. „Wenn Langemeier ein zweites Mal geschossen hätte …"

Helmke nickte. Ihm wurde bewusst, dass dieser Einsatz auch tödlich hätte enden können. „Ich werde dafür sorgen, dass Sie für den heutigen Einsatz eine Belobigung bekommen. Respekt, junger Mann!"

Während Bach Langemeiers Pistole aufsammelte und ein ob des Lobes verlegener Witte die Hütte inspizierte, wandte sich Helmke an den Gefesselten. „Herr Langemeier, ich hoffe, Sie sind jetzt vernünftig und sehen ein, dass Sie verloren haben. So wie Sie jetzt gefesselt sind, würde der Marsch sehr beschwerlich für Sie."

Langemeier, der seitlich im Schnee lag, nickte. Vermutlich hatte er in der kalten Hütte keine angenehme Nacht verbracht. Widerstandslos ließ er zu, dass Bach seinen rechten Arm mit den Handschellen auf dem

Rücken an seinem Gürtel fixierte. Dann brach die Gruppe auf.

\*\*\*

Als Langemeier von einem uniformierten Beamten in das Vernehmungszimmer geführt wurde, war er ganz ruhig. Er schien sich mit den Gegebenheiten abgefunden zu haben. Er nahm die ihm von Helmke angebotene *Eckstein* dankbar an und ließ sich Feuer geben.

Beide nahmen ein paar Züge, bevor Helmke mit der Vernehmung begann. Bach saß neben ihm und machte sich Notizen. „Herr Langemeier. Sie waren mit Herrn Kieslich zusammen im Krieg. Kann es sein, dass da die Gründe für den Mord liegen?"

Langemeier nickte erstaunt. Vermutlich fragte er sich, woher Helmke das wusste. „Sie haben Recht. Ich war zusammen mit Paul Kieslich an der Ostfront. Als Major war er der befehlshabende Offizier unserer Einheit. Dass ich ihn aus Bünde als Obersturmführer kannte, war für mich kein Vorteil, sondern eher ein Nachteil. Ich glaube, er wollte bei meinen Kameraden den Anschein vermeiden, er betreibe eine Günstlingswirtschaft."

„In welchen Frontabschnitten waren Sie eingesetzt?"

„An verschiedenen Stellen, in Weißrussland waren wir indirekt auch an Erschießungsaktionen von Juden beteiligt. Kieslich kannte dabei keine Skrupel. Er hat mich vor der gesamten Gruppe heruntergeputzt, weil ich meine Bedenken offen geäußert habe."

Helmke deutete auf Langemeiers linken Arm. „Sie haben während des Krieges Ihren Arm verloren. Wann war das?"

Die Gesichtszüge des Inhaftierten verfinsterten sich. „Bei einem Gefecht im August 1944 bin ich den Russen in die Hände gefallen, ich war verwundet, wurde von einem russischen Arzt erst sehr spät behandelt, mein linker Arm war dadurch nicht mehr zu retten. Unsere Kampfgruppe musste sich damals zurückziehen. Kieslich hat mich dabei im Stich gelassen, obwohl ich bei dem Gefecht ganz in seiner Nähe war. Als ich Kieslich hier wieder in Bünde traf, tat er so, als sei nichts gewesen. Er lud mich ein, an den Stammtischgesprächen teilzunehmen, aus alter Verbundenheit."

Helmke drückte seine Zigarette aus. Langemeier tat es ihm nach. „Sie werfen Kieslich also vor, dafür verantwortlich zu sein, dass Sie Ihren linken Arm verloren haben?"

Langemeier nickte. „Ja, das ist mir bis vor kurzem aber nicht klar gewesen. Vor ein paar Tagen hat sich mein bester Kamerad aus den Kriegszeiten bei meiner Mutter gemeldet. Er hat lange Zeit gedacht, ich sei tot. Er hat in dem Brief darüber berichtet, dass er Kieslich seinerzeit darum gebeten hatte, nach mir suchen zu dürfen, um mich zu retten, was durchaus möglich gewesen wäre. Kieslich habe ihm zur Antwort gegeben, er habe gesehen, dass ich gefallen sei. Ich sei tot, da könne er kein

242

Risiko eingehen und möglicherweise noch weitere Männer verlieren."

Langemeier machte eine kurze Pause, sprach dann aber weiter. „Ich habe Kieslich schon seit damals in Russland gehasst, weil er so unmenschlich war. Nachdem ich den Brief meines Kriegskameraden erhalten hatte, habe ich nach einer Möglichkeit gesucht, es Kieslich heimzuzahlen. Und als ich dann noch feststellen musste, dass er bei dem Prozess freigesprochen wurde, war für mich die Grenze überschritten. … Kieslich war natürlich einer der Haupttäter bei dem Brand im November 1938, unser gesamter Sturm war dabei und Kieslich hat ihn befehligt. Er hat es aber wieder so hinbekommen, dass er nicht zur Verantwortung gezogen wurde. Er hat Rolf Kotte und Stefan Barner bei einer Besprechung am Stammtisch in meiner Gegenwart genau instruiert, was sie vor Gericht aussagen sollten."

Helmke rieb sich sein Kinn. „Sie haben mir vor ein paar Tagen gesagt, dass Sie bei dem Prozess nicht als Zeuge vorgeladen worden waren?"

Langemeier nickte. „Ja, das ist richtig. Kieslich hat nur Rolf Kotte und Stefan Barner aufgefordert, als Zeugen auszusagen. Vermutlich hat er mich nicht für abgebrüht genug gehalten. Die drei haben auch noch im *Enzian* einige Sprüche auf meine Kosten gemacht."

Während sich Bach weiter Notizen machte, forderte Helmke Langemeier auf: „Schildern Sie bitte den Tathergang aus Ihrer Sicht!"

„Nachdem wir am Mittwoch ins *Enzian* eingekehrt waren, hatten wir rasch mehrere Runden getrunken. Ich hatte mich dabei zurückgehalten und vor allem den Schnaps anderweitig entsorgt."

„Sie haben den Schnaps unter den Tisch gekippt, wie mir Zeugen berichtet haben?"

Langemeier nickte erstaunt. „Ja. Nachdem Kieslich zur Toilette gegangen war, habe ich meine Kameraden schon nach kurzer Zeit gefragt, wo denn Kieslich so lange bleibe und habe mich dann erboten, einmal nachzusehen." Langemeier lächelte leicht, so als freue er sich darüber, dass er seine Begleiter reingelegt hatte. „Die Kameraden hatten ja schon einiges intus und ein wenig die Übersicht verloren. Ich kannte die Kneipe ja und wusste auch, wo die Küche war. Ich habe von dort ein Messer mitgenommen und bin dann runter in den Toilettenbereich. Kieslich war gerade im Begriff nach oben zu gehen, als ich auf ihn traf. Ich sprach ihn darauf an, dass er schuld daran sei, dass ich meinen Arm verloren habe, er aber stritt das ab und faselte was davon, dass dieser Krieg das Volk gereinigt hätte, dass nur die Stärkeren in diesem Krieg überlebt hätten, diesen ganzen Stuss, der uns schon im ‚Dritten Reich' eingehämmert worden ist. … Ich glaube, wenn sich Kieslich am Mittwoch bei mir entschuldigt hätte, würde er heute noch leben."

Bach beugte sich nach vorn und stellte fest: „Sie haben ihn dann erstochen!"

„Ja, ich hatte das Messer in der Seitentasche meines Jacketts." Langemeiers rechter Arm wanderte Richtung Hüfte, wohl um zu demonstrieren, wie er nach dem Messer gegriffen hatte. „Es war ein sehr scharfes Messer und ich habe ihn gut getroffen. Ich war darin nicht ganz unerfahren. Der Krieg … Sie verstehen?"

Bach, der den Krieg nur als Flakhelfer und als Mitglied des Volkssturms erlebt hatte, sagte nichts und vertiefte sich wieder in seinen Notizen.

„Danach habe ich das Messer in der Küche wieder zurück in den Messerblock geschoben, bin dann in die Gaststube rein und habe laut verkündet, dass Kieslich tot im Toilettenbereich liege."

Helmke fragte weiter: „Was war mit den beiden anderen Gästen, die am Eingang der Schankstube saßen?"

„Die hatten bereits kurz vorher die Kneipe verlassen."

Helmke nickte. Das passte alles zusammen. „Herr Langemeier, wir können beweisen, dass Sie auch Rolf Kotte ermordet haben. Wir haben Ihre Fußspuren im Steinmeisterpark unmittelbar neben Kottes Leiche gefunden."

Langemeier zuckte die Achseln, er schien diese Wendung des Gespräches erwartet zu haben. „Ich wollte Rolf nicht ermorden. Er war mir nicht sonderlich sympathisch, weil er schon immer ein Speichellecker Kieslichs war, aber ich habe ihn nicht gehasst."

Helmke nahm eine Zigarette aus seiner Packung und zündete sie an. „Weshalb ist es dann zu dem Mord gekommen?", fragte er.

„Könnte ich auch noch eine Zigarette haben?" Bei diesen Worten blickte Langemeier Helmke fragend an, der ihm daraufhin die Packung herüberschob.

Während Langemeier eine Zigarette aus der Packung zog, erzählte er: „Rolf hatte mich im Verdacht, Paul Kieslich umgebracht zu haben. Er hat wohl über den Verlauf des Nachmittags im *Enzian* nachgedacht und ist dabei zu dem richtigen Ergebnis gekommen", Langemeier lächelte, „noch vor der Kriminalpolizei. Er wollte aber noch einmal mit mir sprechen, bevor er seinen Verdacht der Polizei mitzuteilen gedachte. Er rief mich während der Arbeit an und wir haben uns für den Abend im Steinmeisterpark verabredet, wo er mich mit seinem Verdacht konfrontierte. … Ich habe natürlich alles abgestritten, er hat mir aber nicht geglaubt. Ich konnte nicht anders, er hätte mich sonst angezeigt."

Helmke entzündete ein Streichholz und gab Langemeier Feuer. Das war also der Grund für die Ermordung Kottes gewesen. „Wussten Sie, dass Kotte eine Waffe dabeihatte?"

Langemeier nahm einen tiefen Zug. „Das habe ich vermutet", sagte er dann. „Rolf war im Besitz einer Walther PPK. Damit hat er immer angegeben. … Darauf war ich aber vorbereitet. Ich habe ihn abgelenkt und überlistet."

\*\*\*

„Damit können wir den Fall abschließen", sagte Bach, nachdem Langemeier wieder abgeführt worden war.

„Wieder so ein Fall, bei dem ich eine gewisse Sympathie für den Täter entwickle", meinte Helmke. „Langemeier scheint vor Kriegsbeginn von einer Zukunft als Sportler geträumt zu haben. Zuerst der Krieg und dann die Feigheit seines Vorgesetzten haben verhindert, dass dieser Traum für ihn wahr werden konnte."

„Dieser Kieslich scheint ja wirklich ein übler Typ gewesen zu sein. Abgesehen von seiner Frau und diesem seltsamen Dr. Nowack haben bislang alle gesagt, dass es um ihn nicht schade gewesen sei. So gesehen hat Langemeier ja sogar ein gutes Werk getan." Bach grinste, um Helmke zu zeigen, dass er diese letzte Bemerkung ironisch gemeint hatte.

Helmke schüttelte den Kopf. „Es ist glücklicherweise nicht unsere Aufgabe, zu entscheiden, um wen es schade und um wen es nicht schade ist."

Harald Coring kam herein. „Ich könnte jetzt einen Kaffee vertragen, zur Belohnung", sagte er und wedelte mit einem Aktendeckel. Bach fühlte sich angesprochen, stand auf und holte die Thermoskanne und leere Tassen. Er wandte sich an Coring: „Zucker?"

„Schwarz wie die Nacht!"

Bach füllte die Tassen. Eine schob er Coring hin, der sich auf einen Stuhl neben Helmkes Schreibtisch gesetzt hatte.

„Ich habe hier das Ergebnis des Fingerabdruckvergleichs. Wir haben uns sehr beeilt." Coring nahm einen Schluck und verzog dabei das Gesicht. Er schien schon besseren Kaffee getrunken zu haben. „Wir haben auf der in der Küche des *Enzians* gefundenen Tatwaffe die Fingerabdrücke von Horst Langemeier identifiziert, unter anderem einen sauberen Daumenabdruck. Somit dürfte Langemeier überführt sein."

Helmke nickte. „Langemeier hat bereits gestanden. Nach dieser Beweislage glaube ich nicht, dass er sein Geständnis widerrufen wird."

Coring schien enttäuscht zu sein, weil man seine Arbeit nicht hinreichend zu würdigen schien. „Wir haben auch die Schuhabdrücke auf den Fotos miteinander verglichen", setzte er nach. „Auch da ist Ihre Vermutung richtig. Die Abdrücke am Steinmeisterteich stammen eindeutig von Langemeiers Schuhen. Langemeier hat auch diesen Mord begangen."

Bach stellte seine Tasse ab und erklärte: „Auch das hat Langemeier bereits zugegeben. Es ist aber gut, wenn wir unsere Erkenntnisse durch handfeste Beweise absichern können. … Dieser zweite Mord diente übrigens dazu, die Aufklärung des ersten Mordes zu verhindern."

Coring schüttelte bekümmert den Kopf. „Weshalb machen wir eigentlich Überstunden und arbeiten wie die Maultiere, wenn die Herren Kommissare ohnehin schon alles wissen?"

Helmke prostete Coring mit der Kaffeetasse zu. Er

248

grinste dabei. „Lieber Herr Coring, ohne Sie und die Ergebnisse Ihrer Arbeit wären unsere Vermutungen häufig nur luftige Schlösser ohne bewohnbare Räume."

## 13. Kapitel

**Samstag, 12. Februar 1949**

Für den Abend hatte sich Helmke wieder mit Gabi Bongert verabredet. Auf ihren Vorschlag hin wollten sie im Vorfeld des beginnenden Karnevals ein Kappenfest besuchen, das im Haus des Handwerks am Papenmarkt gefeiert wurde. Gabi hatte eine Anzeige dazu in der Lokalpresse gelesen.

„Mein Vater stammt aus Köln, wir haben vor dem Krieg zuhause immer Karneval gefeiert", hatte Gabi Bongert gesagt, als Helmke bei ihrem Vorschlag etwas skeptisch geguckt hatte. Um nicht als Spielverderber dazustehen, hatte er schließlich eingewilligt.

Der große Saal der Gaststätte war mit Girlanden dekoriert, nahezu alle Tische waren besetzt. Auf der Bühne hatte sich eine Kapelle positioniert. Helmke blickte in fröhliche Gesichter. Viele Gäste hatten sich verkleidet und sich dabei Mühe gegeben, trotz der bescheidenen Möglichkeiten, die die Nachkriegszeit nur bot, etwas Fantasievolles zu kreieren. Die Menschen schienen den Krieg und die Versorgungsprobleme vergessen zu wollen.

Helmke und Gabi Bongert erhielten vom Ober Plätze an einem Tisch zugewiesen, an dem schon ein Pärchen saß.

„Dietert", stellte sich der Mann, den Helmke auf etwa fünfzig Jahre schätzte, vor. Er erhob sich kurz und wies

250

auf seine Begleiterin: „Meine Frau." Frau Dietert, eine Blondine mit einer beachtlichen Oberweite, die sie durch ein tief ausgeschnittenes blaues Kleid ganz offensichtlich zur Geltung bringen wollte, nickte den beiden zu. Die Frau schien einige Jahre jünger als ihr Mann zu sein. Die beiden Tischnachbarn hatten sich nicht verkleidet, sie trugen – wie Helmke und Gabi Bongert auch – lediglich kleine Papierhüte schräg auf dem Kopf.

Helmke nannte seinen und Gabi Bongerts Namen.

„Ah, Sie sind nicht verheiratet?", fragte Frau Dietert, die ihren rheinländischen Akzent dabei nicht verbergen konnte und wohl auch nicht wollte.

Helmke mochte solche Fragen nicht. Um des lieben Friedens willen und weil man mit dem fremden Ehepaar vermutlich noch mehrere Stunden lang an einem Tisch sitzen musste, blieb er aber freundlich und erklärte: „Nein, wir sind gut miteinander befreundet."

„Na, was nicht ist, kann ja noch werden. Dazu ist der Karneval ja auch da." Frau Dietert lachte, ihr Ehemann tat es ihr nach. „Wir haben uns auch beim Karneval kennengelernt."

Helmke schüttelte den Kopf. Er fühlte sich langsam genervt, deshalb erwiderte er: „Nein, das glaube ich nicht. Fräulein Bongert ist mit einem englischen Besatzungsoffizier verlobt, der ist aber gerade dienstlich unterwegs. Wir hoffen, dass wir uns auf Ihre Diskretion verlassen können. Es wäre nicht gut, wenn ihr Verlobter erführe, dass wir heute Abend gemeinsam ausgegangen sind. … Sie müssen wissen, er ist sehr eifersüchtig." Ein rascher Blick in Gabi Bongerts Gesicht gab Helmke die Gewissheit, dass Gabi mitspielte. Sie nickte und sagte: „Ich weiß nicht, wie James reagieren würde …" Ein kaum sichtbares Lächeln umspielte dabei ihren Mund.

Frau Dietert und auch ihr Mann blickten sich an und beeilten sich zu erklären, dass man sich auf sie verlassen könne. Schließlich sei ja Karneval, da müsse man ohnehin etwas großzügiger sein.

Um zu einem unverfänglicheren Thema zu wechseln, wandte sich Gabi Bongert an ihre Tischnachbarn und erzählte: „Wie man hört, soll in Köln und andernorts in diesem Jahr endlich wieder ein Rosenmontagszug stattfinden."

Herr Dietert nickte. „Auch in Münster. Das weiß ich, weil ich geschäftlich häufig in Münster zu tun habe", sagte er. „Ich habe eine Möbelfabrik. Wir stellen Küchenmöbel her. Wenn Sie mal etwas benötigen, rufen Sie mich ruhig an."

Die Kapelle spielte die ersten Lieder, man hatte alte Karnevalsschlager eingeübt, unter anderem das Lied *Heidewitzka, Herr Kapitän* von Karl Berbuer, das bei den Gästen besonders gut ankam und von vielen laut mitgesungen wurde. Kapelle und Sänger waren gut und konnten die Feiernden rasch für sich gewinnen. Das aktuelle Lied von Karl Berbuer *Wir sind die Eingeborenen von Trizonesien*, das Helmke noch nicht kannte, war der absolute Lieblingsschlager der Feiernden und wurde

252

deshalb auch mehrfach gespielt:

*Mein lieber Freund, mein lieber Freund,*

*Die alten Zeiten sind vorbei,*

*Ob man da lacht, ob man da weint,*

*Die Welt geht weiter, eins, zwei, drei.*

*Ein kleines Häuflein Diplomaten*

*Macht heut die große Politik,*

*Sie schaffen Zonen, ändern Staaten.*

*Und was ist hier mit uns im Augenblick?*

*Wir sind die Eingeborenen von Trizonesien,*

*Hei-di-tschimmela-tschimmela-tschimmela-tschimmela-*

*bumm!*

Nachdem Helmke Getränke bestellt hatte, wurde er von Gabi Bongert auf die Tanzfläche gezogen. Helmke war kein begnadeter Tänzer, aber die beiden harmonierten einigermaßen miteinander, so dass Gabi Bongert mit Helmkes Tanzkünsten zufrieden zu sein schien. Die Kapelle spielte jetzt einige Lieder von Jupp Schmitz, wie *Ich fahr mit meiner Lisa* oder *Ist meine Frau nicht fabelhaft?* Daneben griff die Kapelle auf Schlager aus den Dreißiger Jahren zurück, unter anderem auch auf Lilian Harveys großen Erfolg *Das gibt's nur einmal.* Beim Lied *Du kannst nicht treu sein* tanzten die Dieterts neben Helmke und Gabi Bongert und Frau Dietert zwinkerte den beiden dabei zu.

Beide amüsierten sich über die Geschichte, die Helmke ihren Tischnachbarn erzählt hatte. „Damit haben die beiden erst einmal genug Gesprächsstoff", sagte er, während er der Tischnachbarin ein Zwinkern zurückgab und Gabi Bongert dabei küsste. Gabi lachte.

In den Tanzpausen trat ein Conférencier an das Mikrofon und erzählte einige harmlose Witzchen, die vornehmlich Bezug auf die aktuelle wirtschaftliche und politische Situation nahmen. Die Gäste amüsierten sich köstlich. Helmke wusste natürlich, dass die Menschen, denen es wirklich schlecht ging, auf dieser Feier nicht zu finden waren.

Als die Kapelle ein weiteres Mal *Wir sind die Eingeborenen von Trizonesien* intonierte, sagte Herr Dietert, der, wie Helmke und Gabi Bongert inzwischen erfahren hatten, mit Vornamen Heinz-Werner hieß: „Ein tolles Lied, wir Deutsche als Eingeborene, das ist doch witzig. Wurde ja auch Zeit, dass man mal wieder unsere positiven Eigenschaften herausstellt."

Helmke hatte noch nicht genug getrunken, um nicht zu widersprechen: „Ja, aber so harmlos, wie wir in dem Lied erscheinen, haben wir uns in der Nazizeit ja nicht benommen. Und unsere Kultur – die haben wir in der Zeit auch nicht verbreitet."

Dietert blickte ein wenig irritiert und schüttelte den Kopf. „Ach wissen Sie, Herr Helmke, damit sollten wir uns heute Abend nicht beschäftigen. Lassen Sie uns fröhlich sein."

Helmke verzichtete auf eine Erwiderung, da ihn Gabi Bongert erneut auf die Tanzfläche zog. Als die beiden um kurz nach Mitternacht die Feier verließen, überwog bei Helmke Freude und Zufriedenheit. Er half Gabi Bongert in den Mantel, dann standen sie draußen vor dem Haus.

„Das war ein sehr schöner Abend", sagte Gabi Bongert, „trotz der Dieterts." Sie fröstelte leicht.

Helmke lachte und zündete sich eine Zigarette an. „Das finde ich auch. Wir haben die Dieterts aber intellektuell hinreichend beschäftigt – oder?"

„Das haben wir."

Helmke wurde plötzlich ernst. „Bist du wirklich bereit für einen neuen Partner?", fragte er und blickte sie an.

Gabi Bongert lächelte. „Ich finde, wir könnten es miteinander versuchen. … Ich habe übrigens frei bis morgen Früh." Sie lachte. „Meine Mutter hat es mir erlaubt."

Helmke grinste. „Na, diese Gelegenheit sollten wir nutzen. Ich hoffe nur, James kommt mir dabei nicht in die Quere." Er winkte nach einem Taxi.

Die Handlung ist frei erfunden. Jede Ähnlichkeit mit lebenden oder toten Personen ist rein zufällig.

Für kritische Anregungen und Unterstützung bedankt sich der Autor bei Ulrich Eickmeyer, Moers.